저물녘 맹수들의 싸움

저물녘 맹수들의 싸움	앙리프레데리크 블랑 · 임희근 옮김
Combat de fauves au crépuscule	
Henri-Frédéric Blanc	

이 책은 실로 꿰매어 제본하는 정통적인 사철 방식으로 만들어졌습니다.
사철 방식으로 제본된 책은 오랫동안 보관해도 손상되지 않습니다.

첫째 날

  1986년 12월 5일 금요일, 현지 시각으로 17시 47분, 서른세 살 먹은 〈종합 광고 기획 전문가〉 샤를 퀴블리에는 파리 비노 거리의 한 아파트 건물로 들어섰다. 〈개를 기르지 않는, 형편이 넉넉한 독신자에게 호화 아파트 세놓음.〉 그는 이 광고 때문에 온 것이었다.

  건물 모양새는 번듯했지만 샤를이 받은 첫인상은 좋지 않았다. 출입문은 활짝 열려 있었고 입구의 경비실은 비어 있었다. 보나마나 이 건물은 풍차 방앗간처럼 마음대로 드나들 수 있는 곳이었다. 그렇다 해도 무슨 상관인가! 적의 약점을 대담하게 이용하곤 하던 샤를은, 꼭대기 층에 살고 있는 집주인 여자와 만나 보기도 전에 한 점 따고 들어가는구나 하고 혼잣말을 했다. 경비원이 없다는 점을 들어 집주인 여자와 얘기할 때 죄의식을 느끼게 할 수 있을 테고 (집주인 여자는 아마도 볼테르식 등받이 의자에 죽치고 앉은 늙은 까치 같은 할멈일 것이다), 더 이상 따질 여지 없이 유리한 위치에서 집세에 대한 협상을 시작할 수 있을 터였다.

경쾌한 걸음으로 성큼성큼 뛰어가 엘리베이터에 올라탄 샤를은 엘리베이터의 쇠창살을 철컥 소리 나게 닫고는 단호한 몸짓으로 맨 꼭대기 층인 5층 버튼을 눌렀다. 나무로 만든 낡은 엘리베이터는 삐꺽거리며 힘들게 올라가기 시작했다.

엘리베이터 안에는 거울이 하나 있었다. 샤를은 잠깐의 여유를 이용하여 자기 얼굴을 들여다보았다. 확실히, 머리숱이 약간 적었지만 그에게 매력을 더해 줄 뿐이었다. 그것 때문에 이마는 더 멋져 보였다. 이마가 벗겨진 것은 그에게 잘 어울렸고, 게다가 그는 절대로 대머리가 아니었던 것이다.

뜻밖의 방문으로 깜짝 놀라게 하는 효과를 내려고 미리 바람둥이 같은 미소를 짐짓 지어 보이고 있는데, 17시 49분에 그를 실은 엘리베이터가 4층과 5층 사이에서 덜컥 멎었다.

샤를의 미소가 찡그린 표정으로 바뀌었다.

좋아, 까짓것 별일 아냐. 고물 엘리베이터에선 이런 일이 밥 먹듯이 일어나니까.

그는 5층 버튼을 여러 차례 눌렀다. 그다음엔 4층, 그다음엔 다른 층들의 버튼을 눌러 보았지만 소용이 없었다. 그는 머릿속을 비우려고 애쓰면서 1분을 그냥 흘려보낼 수밖에 없었고(머릿속을 비우는 것은 예기치 못한 상황에 과감히 대처하기 위해 경영 대학에서 배운 요가 수련법이었다), 그러다가 다시 버튼을 이것저것 누르기 시작했다.

소용없었다.

이번에는 단호하게 마음먹고 〈비상〉 버튼을 눌렀다. 비상 버튼은 힘없이 쑥 들어가 버렸다. 말할 것도 없이 그 버튼은 작동하지 않는 것이다. 샤를은 엘리베이터 관리 책임자들에 대해 울컥 미움이 솟구쳤다. 죄 없는 사람 몇천 명이 프랑스 곳곳의 엘리베이터에 갇혀 하늘의 도움이나 빌게끔 된 이 마당에, 그들은 관리비를 슬쩍하여 이비사 섬에서 일광욕을 하고 있을 거라고 그는 상상했다.

그는 이런 부정적 상상을 털어 버리고 효과적인 행동 방식을 찾는 데 마음을 집중했다. 그는 사무실에서 부하 직원을 부를 때처럼 엄격하고 명석한 눈빛을 지어 보았다. 금방이라도 껑충 뛰어 덮치려는 늑대처럼, 그는 쇠창살 사이로 보이는 층계참에 떠도는 양털 같

7

은 먼지를 냉혹한 시선으로 노려보았다. 그의 코는 바닥과 같은 높이에 있었다.

뾰족한 해결책이 있을 리 없었다. 사람을 불러야 했다. 그렇지만 샤를은 구해 달라고 외치기엔 아직 때가 이르다고 생각했다.

「여보시오! 누구 없소?」 그가 소리쳤다.

대답이 없었다.

「이봐요! 아무도 없어요?」

역시 아무 대답도 없었다.

그는 빙그레 웃었다. 나 같은 처지가 되었다면 사람들은 대부분 당황해서 어쩔 줄 모를걸. 난 그렇지 않아. 무섭지 않다고. 하나도 무섭지 않아. 다른 황당한 경우도 많이 겪었어. 어느 날인가는 쓰레기를 버리러 내려갔다가 한데서 잠옷 바람으로 갇힌 적도 있었지. 요컨대 내게 닥칠 수 있는 최악의 사태는 기껏해야 조금 기다려야 한다는 것뿐이야. 실제로 위험한 건 전혀 없어. 잘 생각해 보면, 길에 있는 것보다는 이 엘리베이터 안에 있는 것이 훨씬 안전하다고 볼 수도 있잖아. 그러니 걱정한다는 건 말도 안 돼.

「나 좀 봐요!」 그는 소리쳤다.

소리치고 나니 금세 이 표현이 지나친 것 같아 후회

가 되었다. 물론 남들의 주의를 끌어야 하니까 그렇게 소리를 질러야 마땅하겠지만, 신뢰감을 주어야 하는 이 마당에 그런 표현은 적합하지 않다는 생각이 들었다.

「도와줘요!」 그는 소리쳤다(좀 더 알맞은 표현이 바로 이것이었다). 「도와줘요!」

그는 크게, 하지만 초탈한 어조로 외쳤다. 그는 도와 달라고 애걸복걸하고 있는 것이 아니라, 그저 자기가 여기 있다는 것을 알리고 있을 따름이었다.

「이봐요! 이봐요!」(그는 마침내 적당한 말을 찾았다.) 「이봐요! 이봐요……!」

갑자기 맞은편에서 5층 현관문이 열리더니 한 여자 가 나타났다.

금발의 그 여자는 서른쯤 되어 보였다. 그녀는 금귀 고리를 달고, 표범 모피 외투를 입고 있었다.

「바보같이 〈이봐요, 이봐요〉 하고 소리친 사람이 당 신이에요? 어디 아픈 거예요, 뭐예요?」 그녀가 말했다.

「귀찮게 해드려 몸 둘 바를 모르겠습니다.」 상대방을 올려다보며, 그녀의 뾰족한 구두 굽에서 불과 몇 센티 미터 떨어진 곳에 코를 두고 샤를이 대답했다.

꼴이 우습게 됐다는 느낌이 걷잡을 수 없이 밀려드 는 것을 간신히 떨쳐 내고, 그는 자신만만하고 약간 건

방진 태도로 억지웃음을 지으면서 이렇게 덧붙였다.

「제가 이 엘리베이터에 갇힌 것 같군요.」

「내 생각에도 그런 것 같네요.」 그녀는 웃지도 않고 대꾸했다. 「아니 대체 뭐가 씌었길래 그 안에 비집고 들어가 있는 거예요? 이 엘리베이터가 제대로 움직이지 않는다는 건 여기 사는 사람이면 누구든지 다 알고 있는데 말이에요. 특히 올라갈 때는요.」

「저야 그걸 알 수가 없었죠. 여기 사는 사람을 한 분도 모르는데요.」

「들어올 때 초인종을 눌렀어야죠. 그러면 인터폰으로 미리 얘기해 줬을 거 아녜요! 인터폰은 뭐 개나 쓰라고 있는 줄 알아요?」

「아래층 출입문이 열려 있던데요. 그리고…….」

「그렇다고 그래 초인종도 안 누르고 그냥 들어온단 말이에요! 그런 법이 대체 어딨어요? 만약 우리 집 현관문이 열려 있었다면 우리 집에도 그냥 들어왔겠군요? 내가 욕조에 들어가 있었다면 욕실에도 그냥 들어왔겠네요? 자, 어디 그렇게 해보지 그래요, 어려워하지 마시고요! 준비되셨으면 우리 집 욕조에 들어앉아 보시지 그래요!」

「전…… 안심하십쇼. 전…….」

「그런데 참, 대체 댁은 누구죠?」

「전 광고 때문에 왔습니다……. 세놓는 아파트 때문에요…….」

「이 건물에 세들어 살고 싶다면 애당초 글렀군요!」

「제 짐작으론 아마 부인께서……..」

「넘겨짚기는 잘하는군요. 내가 발메르 부인이에요. 이 건물 주인이라고요. 하지만 집을 보려면 좀 기다려야 할 거예요.」

「아, 괜찮습니다. 다시 들르죠 뭐.」

「다시 들르려면 우선 거기서 나와야죠. 난 마술 지팡이를 한 번 휙 휘둘러 당신을 거기서 빼내 줄 능력이 없어요. 전문가가 있어야죠.」

「문제없습니다. 보수 센터마다 이런 걸 고치는 전문 수리공들이 여럿 있죠. 숙달된 기술자들 말입니다…….」

「그래요, 하지만 이 엘리베이터가 1919년에 만들어진 물건이라는 걸 좀 생각해 보세요. 당신이 말하는 엘리베이터 전문 수리공들은 그 당시엔 아직 세상에 태어나지도 않았다고요. 그러니 내 생각으론, 이 존경스러운 물건에 대해 그 사람들이 뭘 알 것 같지는 않군요. 보수 센터에 구식 엘리베이터 수리를 전문으로 하는 늙은이들이 아직 몇 사람 남아 있다면 또 모를까. 그렇지

11

만 내가 보기에 그럴 가능성은 거의 없군요. 가엾은 양반, 어쩌겠수, 기술이란 시대에 맞아야 하는걸……. 그래도 이 엘리베이터가 나는, 나만은 한 번도 골탕 먹인 적이 없다는 사실을 잘 알아 뒈요. 아유, 이 엘리베이터는 변덕이 죽 끓듯 해요, 성깔을 부린다니까요…….」

「부인, 제 말 좀 들어 보시죠.」 샤를은 목구멍에 덩어리가 걸린 듯한 기분을 느끼며 말했다. 「보수 센터에 전화하는 건 전혀 힘 안 드는 일이잖습니까. 이 엘리베이터를 수리할 수 있는지 없는지야 그 사람들이 어련히 잘 알아서 판단하겠습니까…….」

「오늘은 너무 늦었어요. 그 사람들 5시 땡 치면 퇴근해요. 운명의 그 한계선만 지나면, 설령 교황님이 엘리베이터에 갇혔대도 까딱 안 할 거예요. 요즘은 다 그래요. 정해진 자기 일과(日課) 말고는 무슨 일이건 다들 아랑곳하지 않는다고요. 내 배꼽, 내 엉덩이, 내 차, 그런 것을 제외한 나머지는 알고 싶지 않다 이거죠! 아, 참 불행한 일이에요……. 아유, 나 좀 봐, 한없이 수다만 떨고 있네. 미용실에 가기로 시간 약속까지 해놨는데 당신 때문에 늦겠네요. 한두 시간 있다가 돌아올 거예요. 당신 문제는 조용히 다시 얘기합시다. 이따 보자고요!」

샤를은 오랫동안 꼼짝 않고 넋이 나간 채로 멍하니 허공에 눈길을 주고 있었다. 그러다가 눈을 감았다. 불공평한 운명 앞에서 스스로가 불쌍하다는 생각이 와락 들었다. 불과 몇 분 전만 해도 사는 것이 행복해서(아니면 적어도 돈을 버는 것이 행복해서) 즐겁게 길을 누비고 다녔는데, 이제 쥐덫에 걸린 것처럼 엘리베이터 안에서 오도 가도 못하는 신세라니⋯⋯.

그는 다시 눈을 떴다. 그의 앞에는 금속판에 엘리베이터 사용 수칙이 씌어 있었다.

도나디외 엘리베이터 회사

엘리베이터의 사용자들은 급히 서두르지 말 것.

어린이나 책임감 없는 사람이나 동물들을 혼자 엘리베이터에 태우지 말 것.

타기 전에 엘리베이터가 제자리에 와 있는지 확인할 것.

가고자 하는 층에 해당하는 버튼을 누를 것.

〈정지〉 버튼은 엘리베이터 운행을 멈추는 데 사용하는 것이므로 함부로 누르지 말 것.

이유 없이 엘리베이터가 정지했을 때는 침착하게 행동할 것.

층과 층 사이에 멎은 엘리베이터에서 외부의 도움 없이는 절대로 나가려고 하지 말 것.

자기가 처해 있는 이 상황이 예견된 것임을 알게 되자 샤를은 안도감을 느꼈다. 수리공들 입장에서야 그를 여기서 꺼내는 것쯤은 누워서 떡 먹기일 것이다. 그는 지시 사항만 그대로 따르면 되고 그러면 모든 것이 다 잘될 것이다. 〈층과 층 사이에 멎은 엘리베이터에서 외부의 도움 없이는 절대로 나가려고 하지 말 것.〉 이건 정말 현명한 수칙이다. 구조원의 도움을 침착하게, 그리고 참을성 있게 기다려야지. 집주인 여자는 돌아오자마자 이 사태를 해결할 것이고, 나는 집에 가서 저녁에 텔레비전에서 방영되는 영화를 볼 수 있으리라. 만에 하나 보수 센터 중 문을 연 곳이 없다 해도, 긴급 구조대가 있지 않은가. 24시간 언제나 사람들을 구할 태세를 갖추고 있는 그 착한 구조원들이!

「내가 걱정하기 시작할 뻔하다니!」 그는 생각했다. 무엇을 걱정하지? 엘리베이터 속에서 굶어 죽을까 봐? 아! 마음속은 여전히 어린애구나. 나는 판촉 광고를 시작하면, 사자처럼 일에 달려들어, 세상 그 무엇도 나를 못 말린다고. 그런데 하루에도 골백번 일어날 수 있는 하찮은 엘리베이터 사고 때문에 평정을 잃다니!

주인 여자가 돌아올 때까지 시간을 때우려고 그는 엘리베이터의 고장 원인을 적극적으로 연구해 보기로 마

음먹었다. 신용 카드 한쪽 귀퉁이로 그는 승강기의 제
어 장치가 들어 있는 박스의 나사를 풀려고 해보았다.
그는 기계 조작을 잘하는 사람은 아니었지만 1919년
에 만든 엘리베이터가 그렇게 대단히 복잡할 리는 없
다고 생각했다. 그는 박스를 여는 데 성공했고, 복잡하
게 얽힌 여러 색깔의 전선 더미가 모습을 드러냈다. 혀
를 빼물고 그는 여전히 버튼을 누른 채 열쇠들을 가지
고 전선들을 이리저리 건드리기 시작했다.

　자기가 지금 허공에 매달려 있고 까딱 잘못했다가는
엘리베이터가 추락할지도 모른다는 생각에 불현듯 공
포가 엄습했다. 재빨리 그는 박스를 다시 닫았다.

　그는 넥타이를 느슨하게 풀고 담배 한 대를 붙여 물
고는, 기다리기로 했다. 느른하게 수동적으로 기다리
는 것이 아니라, 힘과 의지를 갖고 기다리기로.

　물건 꾸러미를 잔뜩 들고 발메르 부인이 돌아왔을
때, 그는 태연자약한 태도 ── 판단하지 않고, 어떤 의견
도 표현하지 않은 채, 그저 다른 이들을 그들의 책임 앞
에 내세울 따름인 사람의 태도 ── 쪽으로 마음을 굳히
고 있었다. 역경에 처한 그가 보여 주는 점잖음, 침착함,
태연함은 틀림없이 적수에게 깊은 인상을 남기리라.

아닌 게 아니라 발메르 부인은 물건 꾸러미들을 내려놓고 그와 몇 센티미터 떨어진 곳에 쪼그리고 앉더니 한 손가락을 입술에 댄 채, 마치 고양이 꼬리에 냄비를 매달아 놓고는 잘못했다고 말하러 온 계집아이 같은 표정을 지었다. 그녀는 이렇게 말했다.

「아까는 내가 당신을 좀 약 올렸던 것 같네요.」

그녀를 향해 고개를 든 채 샤를은 꿋꿋한 모습을 보였다. 그녀가 마음대로 말하게, 죄책감에 파묻히게 놔둘 작정이었다.

그녀가 다시 말했다. 「당신이 당한 일은 전적으로 내 잘못이에요. 이 엘리베이터를 제대로 작동시킬 책임이 있는 사람은 나니까요…….」

샤를은 준엄한 눈길로 그녀를 바라보며 적이 우쭐했다. 마침내 여기서 나가게 된다! 갑자기 그녀에게 달려들어 와락 껴안고 싶다는 마음이 들었다, 저기, 층계참에서……. 그는 그녀와 아주 가까이 있어서 그녀가 뿌리고 있는 향수와 그녀 몸의 온기와 그녀가 신은 양말에서 풍기는 비단천 냄새와 그녀의 구두 가죽 냄새를 느낄 수 있을 정도였다. 금속성의 푸른빛이 도는 그녀의 두 눈은, 보는 이로 하여금 저 눈빛이 흔들리는 것을 보았으면 하는 마음을 불러일으킬 만큼 엄격한 눈이었다. 그리고 두 눈 주위로 주름살이 몇 개 져서 비극적인 느낌을 주었다. 그녀의 관능에는 부드러움이나 감상이라고는 전혀 없었다. 그녀의 여성다움은 겉으로 드러나지 않았으며, 그것은 암탉 같은 여성다움이 아니라 스핑크스 같은 여성다움이었다. 〈이 여자는 기막히게 멋진 동물이군〉 하고 샤를은 혼잣말을 했다. 〈사랑을 할 때는 틀림없이 표범처럼 고함을 내지르며 손톱으로 파고들 거야…….〉

그녀가 말을 이었다. 「오래전에 이 엘리베이터를 새것으로 교체했어야 하는 건데……. 하지만, 아시겠어요? 이건 집안 대대로 내려오는 물건이라서……. 전 아주 어릴 때부터 이 집에 살았기 때문에 친정아버지에 이어 남편이 이 엘리베이터를 사용하는 걸 봤지요……. 특히 가엾은 남편……. 내가 본 남편의 마지막 모습은 이 엘리베이터를 타고 있는 모습이랍니다……. 2년 전에 동부 고속도로에서 사고로 남편을 잃었지요. 그이가 몰던 경주용 GTI 자동차가 트럭을 들이받았어요.」

샤를은 눈을 내리깔았다. 그가 바로 그 경주용 GTI 차의 판촉 광고를 맡았던 것이다. 그는 짐짓 가슴이 뭉클해진 양하며 말했다.

「운명이죠 뭐…….」

「아니에요, 과속 때문이에요.」

한참 말이 없었다. 마침내 그녀가 말했다.

「고물 엘리베이터에 집착하다니 황당하다 싶을 거예요, 그렇죠?」

「아뇨, 아닙니다. 자기 엘리베이터를 사랑하는 거야 지극히 당연한 거죠. 뭐…… 게다가 이 엘리베이터는 멋지게 생겼으니 사랑받을 만도 합니다. 목재에 니스를 칠해 윤낸 이 엘리베이터에는 독특한 품격이 있어요. 〈오리엔트 특급 열차〉라는 상표를 붙일 만해요…….」

「〈오리엔트 특급 열차〉라고요? 그렇게 생각하세요?」

「그럼요. 자, 이 거울의 연철 테두리를 보십시오……. 상아로 만든 이 버튼들이며…… 또 이 목재는, 틀림없이 떡갈나무일 겁니다…….」

「네. 최고급 관(棺)도 바로 그 나무로 만들죠. 그럼 당신은 이 엘리베이터를 꼭 교체할 필요는 없다고 생각하시나요?」

「교체하다니요! 이 엘리베이터는 이 건물에 있고, 앞으로도 계속 남아 있을 겁니다! 제가 보증을 서겠습니다! 이따가 수리공들이 와도, 전 엘리베이터에 대해 조금도 비판적인 말을 할 마음이 없습니다. 저는 이 엘리베이터를 칭송할 준비까지 되어 있습니다! 약간 고장이

난 건 사실이죠. 하지만 그런 거야 누구한테나 일어날 수 있는 일이에요! 엘리베이터가 변덕을 부려 두 층 사이에 덜컥 서버렸다고 해서 그걸 폐기 처분해 버릴 수는 없죠! 오래되어서 약간 까탈 부리는 거니까 쉽게 용서해 줄 수 있습니다. 게다가 이 모든 일은 제 잘못입니다. 그럼요, 그렇고말고요. 전 미리 약속도 하지 않고 여기 와서, 초인종도 안 누르고 건물 안에 들어왔고, 제가 알지도 못하는 이 엘리베이터에 미친놈처럼 허겁지겁 올라탔거든요……. 그러니 지금 이 꼴을 당해도 싸지요!」

「당신 말을 들으니 안심이 되네요. 어쨌든 내가 그리 친절하진 못했어요. 당신이 옴짝달싹 못하고 거기 있다는 걸 이용해서 당신을 좀 약 올렸으니 말이에요…….」

「그야 어쩔 수 없죠, 누구라도 그렇게 했을 겁니다! 누군가가 우리에 갇혀 자기 발 아래 있게 되는 상황은 그리 자주 일어나는 일이 아니죠. 그러니 그걸 좀 이용한들 어떻겠습니까! 인간적이죠, 뭐!」

「그래요, 사람은 짐승이 아니니까요.」 그녀는 자기가 걸친 모피를 꿈꾸듯 어루만지며 말했다. 「그러니까 당신은 나한테 많이 화가 난 것은 아니란 말이죠?」

「털끝만큼도 아닙니다! 그걸 증명하기 위해 제가 한 잔 살 테니 가십시다!」

「그거 좋죠!」

그녀는 서둘러 집으로 들어가더니 잠시 후 보졸레 포도주 한 병과 병따개를 가지고 왔다. 그녀는 뾰족 구두를 신은 채 몸을 웅크리더니 넓적다리 사이에 술병을 끼웠다(그녀의 짧은 치마가 치켜 올라가 샤를은 검은 레이스 팬티 아래 비어져 나온 하얀 살을 조금 보았다). 그녀는 병따개를 코르크 마개에 깊이 박아 넣고는 열심히 힘을 기울여 병마개를 잡아 빼기 시작했다.

「아유 힘들어라…….」 그녀는 콧잔등을 찡그리며 이렇게 말했다.

마침내 병마개가 열리고 그녀는 〈아아〉 하고 안도의 소리를 냈다. 그러더니 모피 외투를 땅바닥에 질질 끌면서 병 주둥이를 입에 대고 포도주를 한 모금 꿀꺽 마셨다.

「아! 맛있어!」 그녀가 한숨을 내쉬었다. 「이런! 내가 립스틱을 묻혀 놨군요…….. 자요, 격식 따지지 말고 드세요!」

엘리베이터의 창살문은 복도 바닥에서 15센티미터 정도의 간격을 두고 떨어져 있었으므로(엘리베이터 자체에는 문이 달려 있지 않았으니까), 그 밑으로 술병을 건네주기는 쉬웠다. 샤를은 술병을 받아서 한 모금 마셨다.

「그 술 참 잘 넘어가네요, 그렇죠? 넘어가는 기분이 그만이에요!」 그녀가 시골 사람 같은 억양으로 말했다.

「그렇다마다요. 목구멍 때가 다 벗겨지는군요!」 샤를도 같은 방식으로 대꾸했다.

그는 손톱에 빨간 매니큐어가 칠해진 그녀의 손가락을 살짝 스치며 술병을 건네주었고, 그녀는 다시 한 모금 꿀꺽 마셨다. 그러더니 배꼽께를 손으로 두드리며 말했다.

「아…… 배가 뜨뜻하네요. 그런데…… 아니, 당신은 땀에 흠뻑 젖어 있잖아요! 외투 좀 벗으세요……. 자, 외투 이리 줘요……. 옷걸이에 걸어 놓을게요. 밤에는 예쁜 이불을 드리겠어요.」

「아니? 전 여기서 밤을 지낼 생각이 없는데요!」

「참 못됐군요! 내가 당신한테 뭘 어쨌게요? 집에서 식구들이 기다리나요? 결혼은 하셨어요? 아이들이 있으세요?」

「아뇨, 하지만…….」

「하지만 뭐죠?」

「제 말 좀 들어 보시죠. 이런 농담은 이제 할 만큼 했잖습니까. 전 유머를 아주 좋아합니다. 다시 말해 각

개인이 자기 자신을 마음대로 할 수 있는 권리, 그리고 아무런 장애 없이 마음대로 이동할 수 있는 자유, 이런 것을 희생시키면서 발휘되는 유머가 아닌 한에서 말입니다. 따라서 저는 부인께서 될 수 있는 대로 빨리 수리 센터에 연락해 주실 것을 권고합니다. 저는 천성적으로 원한을 잘 품는 사람이 아니고 저의 자유에 대한 이런 사소한 침해는 용서할 수 있습니다. 그러나 미리 말씀드리건대, 부인께서는 위험스럽게도 돌이킬 수 없는 지점에 접근하고 계십니다. 한 시간, 즉 60분의 여유를 드리겠습니다. 만일 60분이 지난 뒤에도 제가 아직 엘리베이터 안에 있다면, 저는 당신을 고소하겠습니다.」

「도대체 무슨 죄목으로요? 내가 아는 한, 나는 당신을 납치하지 않았어요. 당신은 자진해서 이 엘리베이터에 탄 거예요. 엘리베이터 무단 점거죄로 내가 당신을 고소하지 않는 걸 다행으로 여기라고요.」

「당신의 죄목은 위험에 처한 사람에 대한 방관입니다.」

「이제 협조할 테니 안심해요……! 자, 우리가 티격태격하기 시작하면 사태는 걷잡을 수 없게 될걸요. 그러니 서로 뜻을 맞춰 봐야지요……. 당신이 될 수 있는 대로 편안하게 여기 머무를 수 있도록 최선을 다하기로 약속하죠.」

샤를은 그녀의 얼굴에다 침을 뱉지 않으려고 꾹 참 았다. 이제 숨겨 둔 비방을 써야 할 때가 되었다고 그 는 생각했다. 저 여자 참 질기군. 하지만 〈나도 만만치 않아.〉 그녀가 물러서지 않고는 못 배길 묘안이 내게는 있거든.

그가 초연한 투로 말했다. 「정말 미안합니다만, 설령 제가 여기 남아 있고 싶다 해도 그럴 수가 없습니다. 전 나가야 합니다. 자연적이고 정당한 욕구를 채워야 하 니까요. 당신의 이 소중한 엘리베이터를 더럽히게 된 다면 전 참 괴로울 겁니다…… 오! 몹시 급한 건 아닙 니다. 구조대가 올 때까지는 참을 수 있습니다.」

「트랄랄라 랄라…… 나도 그 생각을 했죠.」 그녀가 노래 부르듯 이렇게 말하며 포장된 선물 꾸러미를 내 밀었다. 「풀어 보세요. 당신 거예요.」

걱정스러워하며 샤를은 선물 꾸러미를 풀었다. 뚜껑 달린 변기였다. 그는 목이 꽉 막혔다. 정신 나간 여자를 상대하고 있구나 싶었다.

「마음에 드세요?」 그녀가 물었다. 「이 변기는 삭스제 도기(陶器)로 만든 거랍니다. 가게 사람 말이, 엘리베이 터에서 쓰기에는 더할 나위 없이 좋대요. 장식 좀 보세 요. 숲 한가운데 시냇물이 흐르고, 양 치는 총각들과

처녀들이 있죠……. 예쁘죠, 안 그래요?」

그 기세에 압도되어 샤를은 두 팔을 축 늘어뜨린 채 꼼짝 않고 있었다. 그러는 사이에 그녀는 「투우사여, 조심하라」라는 아리아를 휘파람으로 불며 자기 집으로 들어가 버렸다.

몇 분 뒤 그녀가 다시 나타났을 때, 그는 시선을 고정시킨 채 똑같은 위치에 그대로 있었다.

그녀가 그에게 담요를 던지며 말했다. 「자요, 스코틀랜드 스타일을 좋아하세요? 이건 당신 넥타이하고 잘 어울리네요. 내일은 당신의 정착 문제에 좀 더 신경 써보죠. 난 오늘 저녁에 영화 구경 가요. 〈루시퍼의 환상〉이라는 영화를 볼 거예요. 줄거리를 얘기해 줄게요. 집에 들어올 때는 당신에게 방해되지 않도록 뒷계단으로 들어올 거예요.」

「전 두렵습니다.」 그가 눈을 내리뜬 채 말했다.

「뭐라고요?」

「이 엘리베이터는…… 공중에 매달려 있습니다.」

「걱정 마세요. 안전용 밧줄은 이미 20년 전에 점검받았으니까요. 안녕히 주무세요!」

둘째 날

　기진맥진한 샤를은 밤이 오면 뭔가 도움되는 생각이 나겠지 하고 혼잣말을 하다가 밤 11시쯤 잠이 들었다. 꿈에 그는 엘리베이터 한구석에서 덫을 발견했는데, 그리로 미끄러지려는 찰나 안전용 밧줄이 끊어지면서 허공으로 곤두박질쳤다. 그는 땀에 흠뻑 젖은 채 소스라쳐 깨어났다. 그다음에 꾼 꿈에서는 창살 무늬 옷을 입은 한 남자가 그를 만나러 엘리베이터 안으로 들어왔다. 〈엘리베이터 박사〉였다. 샤를은 순교자 같은 자기의 처지, 이어지는 하루하루, 고독, 불안, 두 층 사이로 서서히 찾아드는 죽음, 이런 것들을 그에게 이야기했다. 「박사님, 제가 무사히 여기서 나갈 수 있을까요?」 샤를이 물었다. 「아마 그럴 수 있을 겁니다.」 그가 대답했다. 「당신이 가능한 수단을 모두 써본다면 말입니다.」
　잠에서 깨어나서 샤를은 손목에 차고 있던 전자시계

를 들여다보았다. 세계 곳곳의 시각을 몇백 분의 1초 정도의 오차밖에 없이, 아주 정확하게 알려 주는 시계였다. 발파라이소의 현재 시각은 2시이고, 엘리베이터 안의 시각은 7시였다. 그는 배가 고팠다. 그는 사람을 부르지 않기로 마음먹었다. 먹을 걸 달라고 한다면 그건 한편으로 염치나 체면을 내팽개친다는 뜻이고, 또 한편으로는 엘리베이터 안에 더 오래 머무르게 될 거라는 생각을 자포자기하여 받아들인다는 뜻일 테니까. 20분 동안 신중히 생각해 본 끝에 그는 자기에게 주어진 유일한 방도, 즉 〈기다리기〉를 이의 없이 택하였다.

오전 시간이 흘러가면서 샤를은, 아마도 속이 비어서 신경이 흥분된 탓도 있었겠지만, 낙관적인 생각에 마냥 사로잡혀 있었다. 이런 시련에서 벗어나게 될 때, 나는 부쩍 성숙해 있으리라! 악의 세력에 맞선 이 집요한 투쟁은 나를 이제까지와는 딴판인 사람으로 만들어 주리라. 훨씬 더 자신감 있고 훨씬 더 악착스럽고, 어떤 경우가 닥친다 해도 가장 좋은 몫을 차지할 결심이 훨씬 더 단단히 서 있는 그런 사람으로! 〈나를 죽이지 않는 것은 나를 더 강하게 만든다〉고 그는, 자기가 좋아하는, 그리고 책으로 읽어 본 유일한 철학자인 니체를 인용하여 기분 좋게 되뇌었다. 그런 다음 콧구멍을 벌름거리며 지평선(즉 마룻바닥의 깔개)에 시선을 고정시킨 채 이렇게 혼잣말을 했다. 「이 엘리베이터는 내 영광의 전투장이 될 것이다! 죽음을 당하는 자가 누구라도 좋아, 나는 아니다! 난, 나는 그들 가운데 첫눈에 알아볼 수 있는 눈에 띄는 존재다. 선도자, 결정권을 가진 이들, 끈을 쥔 이들, 양 떼를 이끄는 목자들, 아니 늑대들 중 하나인 것이다! 나는 배짱 있는 자요, 승자요, 뛰어난 실천가다. 난 언제나 최대한 효율적으로 나의 인생을 꾸려 왔고, 가장 결정적인 일격도 성공적으로 가해 왔다! 먹을 수 없는 송아지 창자도 2천 톤이나 유통시켰다! 누가 나더러 캥거루 꼬리나 낙타 갈비의 판촉 활동을 해보라고 한다면, 나는 〈누가 못할까 봐, 두고 보라지!〉라고 말할 것이다. 자화자찬이 아니라, 나는 그 어떤 물건이라도 그 누구에게든 사게 만들 수 있다. 나는 광고의 일인자로, 사람들의 꿈과 욕망과 좌절을 내 손바닥 안에 갖고 논다. 나는 사람들이 무슨 생각을 할지 그들보다 앞서 알고 있다. 그러니 나는 이 엘리베이터에서 빠져나가는 데 성공할 것이다! 그것도 보란 듯이 아주 멋지게 말이야!」

그러면서 샤를은 상황을 냉철히 분석하기로 마음먹었다.

첫째, 나는 이 엘리베이터 안에 갇혀 있다.

둘째, 나는 여기서 빠져나가야 한다.

셋째, 주인 여자 말고는 아무도 내가 여기 있다는 것을 모른다.

결론, 나의 운명은 주인 여자에게 달려 있다.

결과, 우선적인 목표는 그 여자를 손아귀에 넣는 것이다.

「여자의 약점은 사랑이지.」 그는 혼잣말을 했다. 「그러니 그 여자를 유혹해야만 한다. 하지만 가만히 생각해 보면 그건 이미 다 된 일 아닌가? 저 여자가 무엇 때문에 나를 여기 붙들어 두겠어? 저 여자는 과부고, 모든 여자에게 필요한 것이 그 여자에게도 필요하다. 그런데 느닷없이 한 남자가 하늘에서 뚝 떨어진 거다! 집까지 배달된 거다! 그것도 보통 남자가 아니라, 나! 바로 나 말이다……! 새장을 열어 주면 새가 날아가 버릴 염려가 있지. 그러니 그 여자는 나를 따뜻한 곳에 가두어 놓고 흥분시키고 푹 절인 다음 마침내 내가 욕망 때문에 미치게 되기를 원하는 거야……. 그런 다음 자기가 나를 놓아주기만 하면 뼈다귀에 달려드는 개처럼 내가 자기한테 달려들 거라고 상상하는 거야……. 아! 잘했어! 아주 잘했다고! 다만 그녀는 상대로 걸려든

28

게 누군지를 모르고 있어, 가엾은 여자 같으니! 그게 약고도 약은 난데 말이야! 이제 해야 될 일은 그녀를 상대로 큰 도박을 하는 일이야. 내가 그녀 없이는 못 산다고 믿게 만드는 거야. 그리고 호두 껍데기 같은 이 엘리베이터에서 일단 벗어났다 하면 그때부터 볼만하 겠지. 저 여자는 날 원하고, 날 가지려 하겠지. 그렇지 만 생각대로는 안 될걸. 내가 금세 감쪽같이 뛰어넘을 테니까. 그 즉시 재빨리 튀는 거야. 얍, 얍, 얍! 그리곤 아주머니 안녕! 그다음에는 법적인 절차를 밟는 거야.」

샤를은 발꿈치에 힘을 주어 붕 뛰어올랐다. 그는 완 전히 자신감을 되찾았다. 저 웃기는 여자를 넋 빠지게 해주리라. 그는 여자들의 머릿속을 자기 주머니 속처 럼 환히 알고 있다. 그들의 가장 단순한 소망부터 가장 복잡한 몽상까지도. 바로 그게 직업인데. 여성 소비자 들의 심리를 모르는 광고업자란 소젖을 짤 줄 모르는 농사꾼이나 마찬가지인 거다.

그는 처음으로 다가온 이 도전에 흥분되어 두 손을 싹싹 비볐다. 일은 착착 진행되어 갈 것이다. 일이 이루 어질 때까지, 중요한 것은 투쟁에 필요한 병참술을 확 보하는 것, 즉 먹는 것이다.

오후가 끝나 갈 때쯤에야 그는 덜컥 겁이 났다. 이 밀폐된 공간 속에서 내가 영양실조로 죽어 가기를 저 여자가 바라다니, 이게 있을 수 있는 일인가? 파리 한복판, 바로 몇 미터 저편에 문명사회가 존재하는 이곳에서 해골이 되어 버린 자기의 모습이 떠올랐다……. 물론, 엘리베이터 속에서 누군가 굶어 죽었다는 이야기는 한 번도 들어 보지 못했다. 그러나 모든 일에는 처음이 있는 것 아닌가……. 광고 대행사 동료들은 틀림없이 그의 실종 사건의 전모를 시시콜콜 들추어내어 회사의 명성을 드높이려 할 것이다. 그 치사한 호인(好人)들은 기꺼이 텔레비전에 출연하여 동료의 죽음을 슬퍼하며 말할 것이다. 재능이 뛰어나고 창의성 있는 친구인데, 한창 잘나가는 중에 쓰러졌다고, 광고업계의 영웅이요, 광고 기획의 순교자라고……. 그 모습이 벌써 눈앞에 환히 보이는 것 같다. 자칼 같은 놈들.

그는 혼잣말을 했다. 「자, 샤를 이 친구야. 버텨 내야 해. 살아야 한다고. 그놈들을 골탕 먹이기 위해서라도 말이야.」

사실, 그는 정신 나간 그 여자가 설마 자기가 엘리베이터 속에서 뼈만 남게 되도록 그냥 놔둘 심산이라고 진심으로 믿고 있는 것은 아니었다. 어제 그녀가 보인 태도로 보아 그렇지는 않을 것이었다. 아마도 그녀는 단지 식량이라는 무기를 이용하여 그의 저항을 말살시키려고 마음먹었을 따름일 것이다. 그 집에서 저 여자는 잘못 생각한 거다. 그녀를 부르지 말아야지. 아무것도 요구하지 않으리라.

셋째 날

「사람 살려요! 배가 고파요! 사람 살려요!」

샤를은 밤새도록 눈을 붙이지 못했다. 걱정이 차츰 긴박한 불안으로 바뀌어 버렸던 것이다. 오전 5시 27분부터 그는 공황 상태에 빠지기 시작했다. 그는 사람 살리라고 외치면서 엘리베이터 바닥이 쿵쿵 울리게 발을 구르기 시작했다. 그런 다음에는 수첩 한 쪽을 찢어 열에 들뜬 듯이 구조를 요청하는 글을 긁적였다. 〈SOS. 4층과 5층 사이, 엘리베이터 안에 갇혀 있음. 이름은 샤를 퀴블리에, 잘 알려진 광고업자. 배가 고픔. 구조대를 불러 주시오. 구출되면 후사하겠음.〉 그리고 그는 종이쪽지를 엘리베이터가 오르내리는 공간으로 던졌다. 그래도 마음이 가라앉지 않았다. 그는 다시 발을 쿵쿵 구르기 시작했다. 그런 다음에는 보이 스카우트에서 배운, 티롤 사람 같은 함성, 멀리까지 잘 들린다는 것이 장점인 그 함성을 내지르기 시작했다.

「라라라라라 이오오오오……! 라라라라라 이오오오
오……! 사람 살려요! 배가 고파요! 라라라라라 이오
오오오……!」

갑자기 현관문이 열리더니, 연보라색 비단 실내복을
걸친 발메르 부인이 나타났다.

「아니 이런, 벌써 정신이 돌았어요? 지금 등산 온 줄
알아요?」

그가 울부짖었다. 「배가 고프다고요, 제기랄! 먹을
것 좀 줘요! 사람을 먹을 것도 없이 내버려 두는 건 야
만적인 짓이오! 인권 침해란 말이오……! 더구나 엘리
베이터 안에 말이오.」

「그럼 일요일 새벽부터 선량한 사람들을 깨우는 건
무슨 짓이죠?」

「난 배가 고파요! 이틀째 아무것도 못 먹었어요!」

「그래서요? 그게 몸에 좋을걸요! 당신이 돼지처럼
살쪘다는 걸 몰라요? 1년에 하루씩 단식하는 건 몸속
의 독소를 제거하기 위해 꼭 필요한 일이에요. 조금 있
으면 먹게 될 테니 지금은 잠 좀 자게 날 내버려 둬요,
안 그랬다간 국물도 없을 줄 알아요!」

그리고 그녀는 문을 쾅 닫아 버렸다.

샤를은 흥분해서 평정을 잃었던 것을 금세 후회했다. 이 실수는 만회하기 힘들 것이다. 그러나 적어도 안심은 되었다. 저 여자가 자기를 굶겨 죽이려는 마음은 아닌 것이다. 그는 엘리베이터 한 모서리에 등을 딱 대고, 좀 더 넉넉히 자리를 차지하려고 대각선을 다리를 뻗고 앉았다. 그런 다음 담요로 정성껏 몸을 덮었다.

몇 분 뒤 그는 잠이 들었고, 자면서 간간이 악몽에 시달려 깨곤 했다.

「자, 피해자 양반, 괜찮으신가요?」

눈을 뜨고 엘리베이터를 알아보자 그는 휴 하고 한숨을 내쉬었다. 발메르 부인은 기모노 모양의 실내복을 입은 채 맨발로 층계참에 가부좌를 틀고 앉아 있었다. 샤를은 손목시계를 보았다. 11시 30분이었다.

「귀하의 아침 식사를 대령했습니다.」

그는 투덜거리며 일어섰다. 뼈에서 우두둑 소리가 났다. 허리가 아팠고 기분은 말이 아니었다. 빨리 뭔가를 먹어야지 안 그러면 신경이 바짝 곤두서 신경질을 내게 될 것 같았다. 아침에 화가 치미는 것보다 더 끔찍한 일은 없다.

「커피 드실래요? 우유는 안 넣어요. 알겠죠? 우유 넣은 커피는 간에 나쁘다고요.」 대답도 듣지 않고 큰 잔에 커피를 부어 주며 그녀가 말했다.

그녀는 자기 잔에도 커피를 따랐다.

「이 크루아상 좀 먹어 보세요. 방금 구운 거예요. 흑인이 갖다 주었죠. 콩고 출신의 흑인인데, 진짜 마술사의 아들이에요.」

「아, 그래요?」 샤를은 크루아상 하나를 꿀떡 삼키면서 건성으로 대답했다.

「아, 참, 어제 내가 없어져 버려서 미안해요. 금요일 날 본, 악마에 관한 그 영화가 날 완전히 뒤집어 놓았어요. 토요일 날은 노스페라투하고 침대에 누워 하루를 보냈지 뭐예요. 노스페라투는 우리 고양이예요.」

「고양이를 기르세요?」 입안 가득 빵을 문 채, 관심을 가진 듯 보이려고 애쓰면서 샤를이 물었다

「네, 보여 드릴게요. 카르파티아종(種) 수고양이에요. 고양이 중에도 아주 귀여운 고양이죠. 그 녀석이 제 얼굴을 닦는 모습을 보거나 가르릉거리는 소리를 들으면 내 맘이 아주 차분해져요……. 어제는 정말로 나한테 그 놈이 필요했죠……. 그 영화를 보고 나서 말이에요……. 가장 오싹한 건 악마가 호감 가는 존재라는 거예요. 법 없이도 살 만한 존재로 보이지요. 게다

가 악마에게는 기막힌 매력이 있었어요. 진짜 착한 사람은 반대로 음침하고, 언제나 검은 옷을 입고 있고, 웃지도 않고, 걸어다니는 시체 같았다니까요……」

「겉모습은 내면과 다를 때도 있죠.」

「맞아요, 누구한테 걸렸는지 알 도리가 없죠……. 이 브리오슈 좀 먹어 보세요. 맛이 아주 그만이에요. 그런데, 당신은 악마가 어떨 거라고 생각하시죠?」

「저 말씀입니까? 악마요? 아, 모르겠군요, 저는, 제 상상으로는…… 아주 똑똑할 것 같은데요. 약다고 할까요. 머릿속에 모든 게 다 들어 있고요. 발 위에 바로 뇌가 붙어 있다고나 할까요.」

「바로 그거예요!」 그녀가 소리쳤다. 「그는 사람들을 깨우쳐 주기 위해서가 아니라 사람들을 눈멀게 하여 마음대로 좌지우지하기 위해 자기의 지식을 써먹죠. 그는 진실을 은폐하고 사람들의 눈에 가루를 뿌리고, 모든 이를 감언이설로 속이기 위해 자신의 지성을 이용해요. 이기주의와 비겁함을 퍼뜨리죠. 남에 대한 무관심과 대상에 대한 병적인 집착의 씨앗을 사람들 마음에 뿌리고요. 그렇지만 그는 잘생겼고 매혹적이라고요. 왜냐하면 그는 겉치레의 왕자이니까요. 그의 목적은 사람들을 고독 속에 빠뜨리는 것이죠. 사람들이 고

독하면 할수록 그들 안에 침투하기 쉽고, 맘대로 다루
거나 속이거나 타락시키기가 쉬워지니까요……」

「그 말씀을 듣자니, 악마가 벌써 이 세상을 지배하고
있기라도 한 것 같군요.」

「그럴지 누가 알겠어요……? 커피 좀 더 드실래요?」

「좋죠.」

그녀는 커피를 따라 주면서 말을 이었다. 「요즘, 어
딜 가나 뭘 거머쥐려고 다들 눈이 벌건 사람으로 가득
찬 시장바닥이고, 저마다 제 앞가림 하는 것만이 최고
죠. 그런데 그리스어로 〈디아볼로스〉가 무슨 뜻인지
아세요? 〈사람들을 서로 떼어놓는 자〉라는 뜻이에요.」

「그리스어를 할 줄 아십니까?」

「아뇨, 하지만 밤에 잠이 안 올 땐 고양이를 데리고
어원(語源)을 연구하죠. 난 슬픔 때문에 잠을 좋아하게
됐고, 불면증 때문에 단어들을 사랑하게 됐어요.」

샤를은 그런대로 흡족한 상태가 되었다. 그녀는 기
분 좋게 수다를 떨고 있었다. 여자들에는 두 가지 부류
가 있다고 그는 생각했다. 그럴듯한 말을 늘어놓아 유
혹할 수 있는 여자들과, 말을 잘 들어 줌으로써 유혹할
수 있는 여자들. 저 여자는 후자에 속한다. 잘됐다. 허
튼소리를 늘어놓느니보다는 차라리 귀 기울여 듣는 척

하는 편이 나으니까.

　그는 잘 먹었다. 자기를 핍박하는 여자에게 나른한 시선을 던지면서 그는 슬라브인 같은 미소를 짓고 말했다.

　「사실, 저는 부인의 성함조차 모릅니다…….」

　「카롤이라고 해요.」

　「카롤, 카롤, 그 이름이 사랑스럽다는 걸 아십니까? 제 이름은 샤를입니다. 우리는 어원이 같은 이름을 갖고 있네요!」

　눈을 내리깔고, 그녀는 크루아상 부스러기를 장난치듯 만지작거렸다. 그는 말을 이었다.

　「우리가 만난 것은 흔치 않은 우연입니다…….」

　「그렇게 생각하세요?」

　「그럼요. 아! 우연이란 멋진 거죠! 우연이 없다면 산다는 게 어떻겠습니까? 사람은 우연히 태어나고, 우연히 엘리베이터에 타고, 우연히 사랑에 빠지죠…….」

　그는 말하지 말았어야 될 것까지 얘기했다는 태도를 짐짓 보이며 고개를 숙였다. 그녀는 손톱으로 점점 더 신경질적으로 브리오슈 조각을 으깨고 있었다. 좋았어, 저 여자는 감동한 거야. 이제 침묵이 깔리게 하여, 목표물을 약하게 만들어야 한다. 그녀는 손가락 끝으

로 자기 두 발을 쓰다듬으며 발톱을 이리저리 만지작
거리기 시작했다. 〈훌륭해, 이건 아주 잘한 거야.〉 그는
속으로 말했다. 〈저 여자는 날 원해. 그건 틀림없이 맹
세할 수 있어. 저 여자는 익을 대로 익었다. 이제 함포
사격을 시작할 때다.〉

「점성술로 부인의 별자리는 뭡니까?」

「전갈자리예요.」

그는 흠칫 물러나는 몸짓을 해 보였다.

「전갈이라고요? 아, 이런! 전갈은 나쁜 동물인데!」

「네, 따갑게 찌르죠.」

「전갈이 자살을 하는 유일한 동물이라는 걸 아십니
까? 기분이 안 좋으면 전갈은 제 독침으로 제 머리를
찌른답니다. 칙! 이렇게요!」

「자기 몸을 찌르기만 해서 자살할 수 있다면 그것 참
편리하겠네요.」 그녀가 대꾸했다.

「아니, 그런 생각을 하면 안 되죠! 인생은 아름다운
겁니다! 태양이 빛나잖아요!」

「모든 사람에게 태양이 빛나는 건 아니에요. 아주 불
행한 사람들도 있어요……」

「더 이상 그렇게 생각해서는 안 됩니다! 게다가 불행
한 사람들은 기꺼이 불행해지기를 원하기 때문에 불행

한 겁니다. 어쨌든 사람은 누구나 자유롭습니다!」그
가 영탄조로 말했다.

그러면서 그는 엘리베이터를 가로지르는 큰 몸짓을
해 보였다.

「나는요, 굶주려 죽는 불쌍한 어린이들을 생각하면
요, 그 알량한 발전이라는 이름으로 사형 선고를 받는
사람들 수백만 명을 생각하면요…….」그녀가 말했다.

「어쩌겠습니까. 슬픈 일이지만 어쩔 도리가 없는걸
요.」샤를이 숙명적인 말투로 얘기했다.

「사람은 누구나 자유롭다고 방금 말하지 않으셨나
요? 그런데 이제는 〈어쩔 도리가 없다〉니요. 모든 걸 받
아들이고 모든 사람들처럼 행동한다는 조건하에서만
사람은 자유로운 거죠. 그렇지요?」

「아닙니다. 제 말씀을 잘못 이해하셨군요. 제 말뜻
은, 발전은 발전이라는 것, 그리고 저 뭐냐…… 굶주린
이들, 실업자들, 노인들, 다리 밑에서 자는 거지들을 걱
정하기 시작하면…….」

「……또 엘리베이터에 갇힌 사람들도 말이죠.」

샤를은 땀이 나기 시작했다. 유혹해 보겠다는 그의
시도는 수포로 돌아가 버렸다. 그는 상대방의 힘을 과
소평가했던 것이다. 이 여자는 지독히 똑똑하다. 무슨

40

수를 써서라도 이야기를 진부한 수준으로 되돌려 놓아야 한다. 그러면 그가 훨씬 더 잘 휘어잡을 수 있다.

「다행히 사랑이라는 게 있잖습니까.」 그는 알쏭달쏭한 미소를 지으며 말했다.

그는 금세 스스로가 우스꽝스럽다고 느꼈다. 그녀는 싸늘한 표정으로 그를 바라보았다.

「당신은 이상하군요. 엘리베이터 속에서 꼼짝 못 하는 처지에 사랑을 생각하다뇨. 당신 혹시 갇힌 상태를 즐기는 사람 아니에요?」

그가 우물거렸다. 「죄송합니다. 하지만 제가 무슨 소리를 하는지 저도 이젠 잘 모르겠군요. 전 궁지에 몰려 있습니다. 여기서 나가야 합니다…….」

「벌써 내 곁을 떠나시려고요? 이제 겨우 서로 알게 되었는데……. 수염이 자란 당신 모습이 무척 보고 싶군요…….」

샤를은 일순, 눈앞이 아득해지는 걸 느꼈다. 「무너지면 안 된다. 무너지면 안 돼.」 그는 어금니를 악물고 이렇게 혼잣말을 했다.

「여기 있는 게 편치 않아요?」 그녀가 덧붙였다.

「웬걸요, 편하지요.」 자기 자신을 가누려고 초인적인 노력을 기울이며 그가 대답했다. 「아주 좋습니다. 이 엘리베이터가 무척 맘에 들고, 부인과 얘기 나누는 것도 즐겁습니다……. 그렇기는 하지만, 이런 생각이 듭니다. 수리 센터에 연락만 하면 우리를 갈라놓는 이 장벽이 기적처럼 사라지고 우리가 마침내…….」

「아! 그 수리 이야기로 날 또 귀찮게 하려는 건 아니겠죠! 우선 오늘은 일요일이에요. 수리공들은 낚시하러 갔어요. 그리고 수리공들이 온다 해도 〈노후한 승강기를 무리하게 사용했음〉, 뭐 이런 식의 조서를 꾸며 나를 고발할 수도 있어요.」

「하지만 이 엘리베이터가 언제까지나 이렇게 멎어 있으면 안 됩니다. 저를 위해서 이런 말을 하는 게 아닙니다, 여기 사시는 다른 분들도 생각해야죠!」

「그 사람들 걱정은 마세요. 4층에는 아무도 안 살고, 3층에 사는 바보 같은 운동선수는 훈련을 하려고 한꺼번에 네 계단씩 층계로 올라 다니고, 2층에 사는 늙은 백작 부인은 자기 집에서 절대 나오지 않거든요.」

샤를은 두 다리가 솜처럼 녹아내리는 듯했고, 이 여자를 그냥 죽여 버리고 싶다는 생각이 들었다. 그는 억지로 숫자를 열까지 세었다. 화를 내면 무조건 상황은 악화될 뿐이다. 이 여자는 겁을 먹을 위인이 아니다, 살살 휘어잡아야 한다. 살살, 살살…….

그녀가 다시 말을 시작했다. 「당신 때문에 정말로 방해받는 유일한 사람은 바로 나예요. 어쨌든 엘리베이터가 고장 났다는 핑계로 당신이 내 집 문 앞에 머무른게 이틀째니까요…….」

「정말 죄송합니다.」샤를이 덤덤한 음성으로 대답했다.

「사과는 받아들이겠어요. 하지만 당신은 아무것도 요구할 수 없다는 걸 기억하세요.」

「제 말씀 좀 들어 보십시오. 털어놓고 말씀드려야겠군요. 저는 신경이 좀 약합니다. 엘리베이터에 오래 머무르는 데 익숙하지 않아서, 제가 두려운 것은…….」

「곧 익숙해질 거예요. 당신에게 필요한 것은, 약간의 운동이에요. 날이면 날마다 내 엘리베이터 속에서 축 늘어져 있는 사람을 보고 싶진 않아요. 당신한테는 영양을 골고루 갖춘 음식도 필요해요. 하지만 그건 내가 알아서 하겠어요. 말이 나왔으니 얘긴데, 며칠 후에 우리 둘이서 조촐한 식사를 같이 하면 어떨까요? 촛불을 켜놓고 하는 저녁 식사, 정말 좋을 거예요!」

「마침, 바로 이 근처에 제가 아는 멋진 식당이 한 군데 있습니다…….」미칠 듯 희망이 솟아 그가 소리쳤다.

「아, 아녜요! 식당은 싫어요. 오붓한 맛이 없으니까요. 여기 층계참에 그냥 따뜻하게 있으면 어때요? 아주 낭

43

만적일 텐데! 안 그래요? 동의하세요?」

「네⋯⋯.」 울음기 섞인 목소리로 그가 말했다.

「좋았어요⋯⋯! 어디 봅시다⋯⋯. 오늘 저녁에는 내가 플랑드르파(派) 그림에 관한 강의를 들으러 가거든요. 하지만 내일 저녁은 비어 있어요. 당신은 내일 저녁 괜찮은가요?」

샤를은 그녀의 목을 조를 수만 있다면 자기 수명이 10년 줄어든다 해도 상관없겠다 싶었다.

「내일 저녁, 아주 좋습니다.」 그가 말했다.

「좋아요. 이제 난 가보겠어요. 당신의 시간을 내 멋대로 뺏고 싶진 않아요. 안녕!」

그녀가 집으로 들어가자마자 샤를은 바닥에 주저앉아 두 손으로 머리를 싸쥐었다. 그는 방금 엄청난 실패를 겪은 것이었다. 물론, 적수가 우월한 위치를 점하고 있어서 그가 지독하게 불리했던 것은 사실이다. 머리가 땅바닥과 같은 높이에 있는 처지에 여자를 유혹한다는 것은 보통 일이 아니다. 그렇다 해도 아까 그는 한심하기 짝이 없었다⋯⋯. 어쨌든 밑져야 본전이다. 그녀가 알맞게 몸 달아 있는 상태로 오로지 그것만을 기대하고 있다는 것이 분명하니 더더욱 그렇다. 일은 얼추 성사된 것이나 다름없고, 이제 결정적인 공격만 하면 되는 것이다. 어쨌든 오늘 아침은 너무 일렀다. 자리에서 막 일어난 여자를 달아오르게 할 순 없지. 반면 저녁에는 하루의 피로 덕분에 목표물의 힘이 약해질 테니 결판을 내기가 한결 쉬워. 하지만 자기 매력이 십분 발휘되기를 원한다면 행동을 서두르지 말고, 무관심한 척, 긴장이 풀린 척, 명랑하고 자신만만한 척해야 한다. 이 엘리베이터에 갇혀 있어서 행복하다는 모습을 그가 보이면 보일수록 여기서 빠져나갈 확률은 커지는 것이다.

그리하여, 거울 앞에서 그는 미소 짓는 연습을 해보면서 혼잣말로 되풀이했다. 「모든 게 잘 되고 있어. 모든 게 아주 잘 되고 있어. 모든 게 아주아주 잘 되고 있다고……」

오후가 설핏 기울자 발메르 부인이 외출 준비를 하고 나타났다. 그녀는 엘리베이터 앞에 작은 휴대용 텔레비전 수상기를 내려놓더니, 샤를에게 비닐봉지를 하나 주었다.

「이건 오늘 저녁 간식거리예요. 빵하고 치즈, 괜찮겠어요? 당근 주스도 한 병 있어요. 이건 혈액 순환에 아주 좋죠. 자, 얌전히 계세요. 내일 봅시다!」

샤를은 창살 밑으로 코를 내밀고 공손하게 말했다.

「인내하도록 애써 보겠습니다…….」

「브라보! 인내는 천국의 열쇠죠!」 그녀가 계단을 걸어 내려가면서 그에게 툭 던지듯이 말했다.

저 여자를 욕조의 물 속에 빠뜨려 죽이는 것과 부엌 칼로 배를 갈라 죽이는 것, 두 가지 중 어느 쪽이 더 기분 좋을지 그는 자문해 보았다. 그리고 텔레비전을 켰다.

상 타기 게임이 방영되고 있었다. 활기 넘치는 진행자가 선물을 미끼로 하여 젊은 주부에게 옷을 벗으라고 설득하는 데 온 힘을 기울이고 있었다. 아슬아슬한 이 스트립쇼가 진행되는 사이에 간간이 염소젖으로 만든 치즈 광고, 기저귀 광고, 개에게 먹이는 비스킷 광고가 끼어들었다. 음악과 사회자의 끝없는 수다에 흥분된 청중들 앞에서 그 젊은 여자는 서툰 몸짓으로 가슴을 감추려 했고, 그러는 사이에도 상품으로 탄 물건들이 그녀 주위에 쌓여 가고 있었다. 만능 믹서나 냉동고 따위를 상으로 타내기 위해 옷을 벗는 이 여자를 지켜보면서 샤를은 이제까지 느껴 보지 못한 감정을 느꼈다. 그것은…… 그렇다, 측은하다는 마음이었다……. 측은했다.

그는 채널을 다른 곳으로 돌렸다. 아이스 댄싱의 우

승자를 뽑는 시합을 보았다. 그다음에는 표현의 자유에 관한 토론 프로를 시청했다. 그 프로에서는 할 말 없는 문인들이 서로 아낌없이 칭찬을 주고받은 다음, 자기 생각을 자유로이 표현할 수 있는 나라에 산다는 사실을 서로들 축하하였다. 그다음 프로는, 무기 산업에 종사하다가 백만장자가 되어 얼마 전 세상을 떠난 어느 실업가를 주인공으로 한 것이었다. 자기가 만든 비행기와 폭탄으로 숱한 인간을 죽인 그 사람, 바로 그가 화면에서는 자기 소유의 수영장 가장자리에서 손자 손녀들에게 둘러싸여 염소같이 떨리는 음성으로, 산다는 것은 아주 멋진 일이며, 사람들은 훌륭하고, 자기는 모든 일에 다 성공했노라고 공공연히 말하고 있었다. 그의 장례식 역시 대단한 성공작이었다.

샤를은 탐정 영화 한 편을 보면서 음식을 먹었다. 시종일관 시체들이 단조롭게 쌓여 가는 그런 영화였다. 영화를 보고 나서 그는 텔레비전을 껐다. 내일은 운명의 날, 심신이 생생하고 가뜬해야 한다. 그는 담요를 둘둘 감고 누워 등을 조심스럽게 엘리베이터 한 귀퉁이에 대고 눈을 감았다. 엘리베이터의 전구는 여전히 켜져 있었지만 빛이 약해서 거슬리지 않았다. 그는 속으로 양(羊)들을 한 마리 두 마리 헤아리기 시작했다.

양 떼를 여럿 세고 나자 그는 발이 다섯 달린 양들, 머리가 둘 달린 양들, 비늘 달린 양들, 사람을 먹는 양들…… 이런 것을 상상하기 시작했다. 그러나 도무지 잠은 오지 않았다. 깜박 잠이 들라치면 공포가 되살아났다. 그는 다시 눈을 뜨고 이불을 잘 매만지고, 세상없어도 잠을 자야겠다고 결심하고는 거듭 혼잣말을 했다. 「잠이 온다……」

어쩔 도리가 없었다. 눈을 감으면 그 즉시 불안감이 모습을 드러내는 것이었다. 이제 어떻게 될까? 저 여자는 그를 넝마처럼 무기력하게 만들 수 있고, 몇 주, 몇 달, 몇 년 동안 이 엘리베이터 안에서 푹푹 썩도록 내버려 둘 수도 있다……. 그가 잘되기를 바랄 아무런 이유가 없는 사람에게 그는 몸과 마음을 다 의존하고 있는 것이다……. 순진하게도 그는 그녀가 자기를 연인으로 삼고 싶어 한다고 믿었으나, 자기 집에서 한 인간이 차츰 몰락해 가는 꼴을 직접, 그것도 공짜로 구경하는 아찔한 관능에 비한다면 그런 것이 대체 무슨 의미가 있으랴? 낮이나 밤이나 어느 시간에도 그는 박해받는 자의 역할을 하기에 알맞은 상태인 것이다……. 그동안 쌓인 저 여자의 모든 좌절감, 그 피해를 내가 입는구나…….

그는 이불 한 귀퉁이를 이빨로 잘근잘근 씹기 시작

했다. 그렇게도 신중하고, 치밀하고, 남들의 음흉한 수작을 그토록 재빨리 포착하여 수포로 돌리곤 하는 그가, 총기와 창조적 상상력이 뛰어나기로 파리의 광고업계 전체에서도 이름 높은 그가, 경쟁자들을 앞질러 좋은 건수를 냄새 맡고 남보다 빨리 행동을 취하는 그가, 어떻게 이렇게 어리석게 함정에 빠질 수 있었을까? 그래도 몇 년 전부터 날마다 혼자 이런 말들을 되뇌어 왔는데…….「매사에 주의하자! 세상은 정글이다! 위험은 언제나 예기치 않은 데서 온다!」그런데 정신 나간 사람처럼 부주의하게 그는 모르는 아파트 건물에 들어섰고, 흔들리고 삐걱거리는 원시적 모델의 엘리베이터에 올라탔고, 그래서는 비참하게도 두 층 사이에 이렇게 좌초해 버린 것이다…….〈내 마음 한구석에 자살하고 싶어 하는 충동이 있으니까 이 지경이 된 거야〉하고 그는 생각했다. 자기를 진료하던 정신과 의사가 진료비 3천 프랑을 받아 챙기면서 해준 말이 새삼 생각났다.「충동적으로 상승하려 하지 마십시오. 돈과 성공을 좇는 일은 신경을 소모시키는 작업이라서 사고가 날 수 있어요. 올라갈 때는 오래 걸리지만, 도로 내려가는 거야 금방이죠.」샤를은 갑자기 엘리베이터를 지탱하고 있는 전선이 걱정되었다. 살을 몇 킬로그램 빼서 엘리베이터에 걸리는 무게를 줄이는 게 좋지 않을까……?
이제 생각을 그만두자는 마음이 들었다. 그는 자기 자
신을 서서히 망가뜨려 가고 있었다. 그러나 생각이란
이렇게도 어리석은 것이어서, 사람들이 마음대로 그 주
둥이를 봉해 버릴 수가 없는 것이다.

그는 담배를 붙여 물었다. 그의 불안은 거기, 배에 손
을 대보면 만져서 느낄 수 있을 정도였다. 그의 두 다리
는 고무로 된 것 같았다. 자신이 고기로 가득 찬 가방
이 된 것 같은 기분이었다. 상해 가고 있는 인간 햄 같
았다. 「무서워.」 그가 혼잣말을 했다. 「그래, 겁이 나 죽
겠어…….」 이렇게 불현듯 맑은 정신이 돌아오니 기분
이 좀 나아졌다. 그러자 그는 불안이 손목에 찬 팔찌
겸용 시계만큼이나 자기에게 이미 익숙해져 있었다는
사실을 깨달았다. 다만 그는 언제나 자기 자신에게, 또
남들 앞에서, 지극히 정서가 안정되고 삶의 기쁨이 넘
치는 사람인 양 연기를 해왔던 것이다. 마치 행복한 흉
내를 내면 행복해질 수 있다는 듯이 말이다. 그리고 자
기의 두려움을 부정하면 할수록 두려움은 그의 내부에
더 깊숙이 똬리를 틀었다. 일에 취해 지옥행 열차처럼
정신없이 살아가는 동안, 그는 불안을 이 달리기 경주
에다 흩뿌려 버리려고 애를 썼다. 그러나 그러는 사이

에 불안은 흉물스러운 두더지처럼 그의 내장 속에 구덩이를 파고 또 파들어 가면서 참을성 있게 때를 기다리고 있었던 것이다.

샤를은 몸을 부르르 떨고 담배 한 대를 더 붙여 물었다. 그러자 엉뚱한 생각이 떠올랐다. 기도를 하면 어떨까? 기도란 부조리한 것이지만, 혹시 모르잖아. 게다가 돈도 한 푼 안 들고 말이야……. 문제는, 그가 신을 믿지 않는다는 것, 그것도 전혀 안 믿는다는 것이었다. 솔직히 말하자면, 색색으로 만든 탐폰식 생리대도 그는 믿지 않았지만 잘 팔려 나갔던 것이다. 마케팅에서 사람이 아무것도 확신할 수 없는 법이라면, 신의 문제에 있어서도……. 게다가, 신은 논외로 하더라도, 기도를 하면 멀리 떨어져서도 사물에 영향을 끼칠 수 있는 일종의 정신적 에너지가 생겨날지 누가 알겠는가?

기도를 좀 더 효험 있게 만들기 위해 샤를은 담배를 손가락 사이에 끼운 채 두 손을 모으고 무릎을 꿇었다. 그는 신의 주의를 끌 만한 충격적인 문구를 찾았다.

그는 공손한 목소리로 기도를 시작했다. 「사랑하는 예수님, 그 옛날 당신이 십자가에 매달리셨듯이 저는 지금 이 엘리베이터 안에 매달려 있습니다. 그런데 말입니다, 당신이 십자가에 매달리시던 그 당시에 저는 아직 태어나지 않았다는 사실을 헤아려 주십사고 감히 말씀드립니다. 그러니 저는 그 고통스러운 사건에 대해 아무 책임이 없습니다. 게다가 저는 당신이 결백하심을 진정으로 확신합니다. 몇 건의 기적들을 제외하면, 당신은 절대로 아무 일도 안 하셨고, 그 기적들도 결코 입증된 적이 없습니다. 그러니 당신을 십자가에 못 박을 만한 심각한 동기는 전혀 없었던 것입니다. 보잘것없는 저 자신도 마찬가집니다. 저는 광고업자지만 나쁜 짓은 절대 한 적이 없습니다. 아니, 만약 했다고 해도 일부러 그런 것은 아닙니다. 아니면 업계의 경쟁 때문에 어쩔 수 없이 그런 거지요. 저는 정직합니다. 직업상 제가 알고 지내는 이들 중에 당신께서도 알고 계실 몇몇 사람들과는 반대로, 저는 정직하고요, 속임수를 쓰지 않고 세금을 냅니다. 저는 모든 이가 두루두루 번영하는 일에 이바지하고 있습니다. 왜냐하면, 감히 말씀드립니다만, 저는 돈을 많이 벌거든요. 저는 단순하고 교만이 없는 사람입니다. 삶에서 제 유일한 목표는 될 수 있는 데까지 부자가 되는 것이랍니다. 최대한의 사람들을 축복해 주며 곳곳을 누비고 다니시는 교황님을 저는 존경합니다. 텔레비전에서 비참한 지경에 빠진 그 많은 사람들을 보면 이따금씩 좀 슬프기도 하지만, 그래도 저는 아무것도 비판하지 않고 이런 일들을 차분한 마음으로 받아들입니다. 세상이 이런 모습이기를 당신께서 원하셨으니까요. 단지 당신이 저를 위해 무슨 일을 좀 해주시기만을 부탁드릴 뿐, 그 이상은 바라지 않습니다. 기회가 닿는 대로 저도 당신께 똑같이 보답해 드릴 것을 약속합니다. 저는 영세 받은 신자이며 정정당당한 사람이라는 것을 새삼 말씀드립니다. 제가 원하는 것은, 이 엘리베이터에서 곧 나가게 됐으면 하는 겁니다. 될 수 있으면 살아서 말입니다. 사랑하는 예수님, 저의 인사를 받아 주시옵기를 바라나이다.[1] 아멘.」

이 순간 샤를은 비명을 질렀다. 담뱃불에 데었던 것이다. 그는 귀신 들린 사람처럼 한 손을 후후 불며 손수건을 손가락에 둘둘 말았다. 도널드 덕이 그려진 이 손수건은 페리고르[2]산(産) 오리의 판촉 행사 때 어느 가금류 축산업자가 준 것이었다.

갑자기 자기 모습을 거울에 비추어 보며 샤를은 미친 듯 낄낄 웃어 댔다. 그는 턱뼈가 빠질 정도로 몹시 웃었는데, 이것은 대학생 시절 이래 경험해 보지 못한

1 여기서 샤를은 편지글을 끝맺는 상투적 문구를 그대로 쓰고 있다.
2 프랑스 남서부의 농업 지역.

일이었다.

몇 분 뒤 그는 평화롭게 잠이 들었다. 기도 덕분인지 아니면 폭소 덕분인지? 그는 결코 알 수 없었다.

넷째 날

「변기 좀 주시유……」

샤를은 한쪽 눈을 떴다. 갈색 머리에 몸집이 통통한 웬 여자가 하얀 앞치마를 두르고 창살 너머로 그를 바라보고 있었다.

「저는 파출부인디유, 변기를 비우려고……」

샤를은 지칠 대로 지친 몸을 일으켰다. 두 눈은 죽은 사람 같고, 오래 다물고 있던 입이 쩍쩍 달라붙는 채로, 그는 노예선을 탄 자가 식사 배급 받는 통을 내밀듯 변기를 내밀었다. 파출부는 변기를 받아 들더니 김이 무럭무럭 나는 커피포트와 크루아상 바구니를 담은 쟁반을 들이밀었다.

「아침 드시유.」

그리고 그녀는 집 안으로 들어가면서 문을 빠끔히 열어 놓았다. 코가 복도 바닥과 같은 높이에 오도록 서서 샤를은 먹기 시작했다. 처음에는 습관대로 허겁지겁 먹다가, 자기에겐 시간 여유가 많고도 많다는 사실을 깨닫고는 마음이 쓸쓸해졌다.

그는 체념하며 아침을 먹기 시작했으나, 커피를 사발로 하나 마시고 나니 불쑥 전투적인 의욕이 치솟았다. 「안 되지!」 그는 크루아상 하나를 난폭하게 물어뜯으며 혼잣말을 했다. 「난 허물어지지 않을 거야! 최후의 일각까지 싸우겠어. 내가 지닌 가장 신성한 것을 두고 맹세하건대!」

그는 자기가 지닌 가장 신성한 것이 과연 무엇일까 생각해 보았지만 아무것도 찾지 못했다. 그런데 자기를 노려보는 눈[眼] 하나가 보였다.

빠끔 문이 열린 틈새로 보이는 노란 눈이었다. 고양이의 눈.

고양이는 마치 배 속을 검사하는 외과 의사처럼 과학적인 관심을 갖고 냉혹하게 샤를이 먹는 모습을 지켜보고 있었다. 털에 윤기가 반지르르 흐르고 귀 끝에서 꼬리 끝까지 까맣고, 보통보다 훨씬 몸집이 큰 고양이였다.

샤를은 계속 먹었지만, 고양이를 자극하지 않으려고 좀 더 조심스러운 몸짓을 취했다. 틀림없이 저 고양이가 말로만 듣던 노스페라투, 그러니까 저 집에서 기르는 고양이일 것이다. 그러니 저 녀석을 친구로 만드는 것이 적으로 만드는 것보다 낫다. 샤를은 미소를 지었다. 고양이는 계속 무관심한 채였다.

파출부가 깨끗이 닦은 변기와 더운물 한 대야, 각종 세면도구(그러나 면도기는 없었다), 그리고 속옷과 셔츠 한 벌을 가지고 돌아왔다.

「이 셔츠는 돌아가신 아주머니 남편이 입으시던 거여유.」 그녀가 말했다.

샤를은 자기가 위험한 사람이 아니라는 것을 분명히 보여 주려고 자연스럽고 긴장 풀린 태도를 취했다.

「바깥 날씨는 좋습니까?」 그는 마치 나갈 채비라도 하는 것처럼 좀 걱정스러워하며 물었다.

「아니유, 아니유, 안 좋아유.」 그녀가 대답했다. 「비가 와유, 많이…… 여기 계시는 게 잘하시는 거여유.」

하루 종일 샤를은 자기 운명을 결정하게 될 〈촛불 켜놓고 먹는 저녁〉을 위해 마음의 준비를 했다. 그는 사무라이들이 쓰는 전법을 썼다. 마음에서 욕심을 전부 몰아내어 깨끗이 정화하기, 승리에 대한 욕망이나 실패에 관한 생각을 마음속에서 없애 버리기, 모든 것을 보되 아무것도 주시하지 않기, 매사에 주의를 기울이되 아무것에도 집착하지 않기, 삶도 죽음도 더 이상 두려워 않기.

오그라든 심신을 펴기 위해 그는 요가 동작을 몇 가지 했지만, 허리 때문에 조심조심했다.

「피를 보게 될걸!」 그는 스스로를 격려하기 위해 이 말을 되풀이했다. 「나는 끔찍한 짓을 저지를 거야. 아차 하는 사이에 그 여자는 내 발 밑에 있게 될 거라고.」 그러고는 거울 앞에서 그는 매혹적이고 파괴적인 시선을 스스로에게 보냈다.

숙명적인 그 〈촛불 켜놓고 먹는 저녁〉 시간이 다가옴에 따라 그는 점점 더 자신이 생기고 스스로가 대담무쌍하게 느껴지고, 낙관적인 기분으로 가득 찼다. 머리털과 수염이 텁수룩해지고 옷은 누더기가 된 자신이 플래시와 카메라 세례를 받으며 엘리베이터에서 빠져나가는 모습을 상상해 보았다. 신문 기사 제목이 눈에 보였다. 〈강철 같은 사나이…… 하늘과 땅 사이에 매달린 엘리베이터 칸 속에서 끝까지 버텨…… 한 광고 중개인의 고독한 용기가 세상을 놀라게 하다…… 탈출하기 위해 자기를 가둔 여자를 유혹해……〉

그녀는 오후 8시쯤 등장했다. 몸의 윤곽이 그대로 드

러나는, 목이 깊게 파인 검은 벨벳 드레스를 입고 굽이 뾰족한 무도화를 신고 있었다. 그녀의 얼굴을 쳐다보면서 샤를은 시적인 전율에 휩싸였다. 백마를 타고 허리춤에는 장검을 차고 야만족의 선두에서 땅거미 지는 초원을 달려가는 그녀의 모습을 그는 상상했다……. 마치 야생의 풍미를 지닌, 〈데카당〉 치약을 선전하는 광고처럼 말이다.

그녀는 밑에 바퀴가 달린 식탁을 끌고 왔는데, 그 위에는 식기들이 차려져 있었다.

「안녕하세요? 오늘 하루 잘 보냈어요?」 그녀가 초에 불을 붙이며 말했다.

「아주 좋았습니다. 댁의 고양이를 보는 기쁨이 있었지요.」 그가 대답했다.

「우리 고양이 잘생겼죠, 안 그래요? 몸무게가 9킬로예요. 크리스마스 기간에는 10킬로에 가까워져요. 하지만 조심하세요. 특히 뭘 먹기 전에는 무슨 변덕을 부릴지 알 수가 없거든요. 그리고 발톱으로 할퀼 때는 인정사정없어요. 쟤 할아버지는 발짓 한 번으로 폭스테리어의 목을 찔러 죽였답니다. 하지만 틀림없이 당신은 저 고양이하고 좋은 친구가 될 거예요.」

「저도 꼭 그럴 거라고 믿습니다.」 벌써부터 저 고양

이의 목을 조르고 싶었던 샤를이 대답했다.

「자, 그럼 이제 파티를 시작해 볼까요?」

「아, 좋죠!」 그가 감탄조로 말했다.

「〈라 트라비아타〉를 좋아하세요?」

「그건 제가 좋아하는 음식 중 하납니다!」

「아녜요, 〈라 트라비아타〉는 베르디의 오페라예요. 그리고 이건, 부르고뉴 포도주 작은 병이에요. 병마개를 따세요. 곧 돌아올게요.」

그녀는 집으로 들어가더니 냄비 하나와 모로코식 쿠션 의자를 가지고 도로 나왔고 그사이 「라 트라비아타」서곡이 들려왔다. 그녀는 냄비를 식탁 위에 놓고 쿠션 의자에 앉아 엘리베이터의 창살문 아래에 샤를의 식기를 차려 놓았다. 포도주 잔이 겨우 지나갈 만한 틈이 있었다.

「당신은 서서 식사할 수밖에 없겠군요. 하지만 그게 소화에는 아주 좋지요. 올리브 넣은 오리 고기를 준비했어요.」 그녀가 말했다.

「오리 고기요? 야, 이것 참 잘됐네요! 혹시 페리고르산 오리 고기 판촉 광고를 제가 기획했다는 걸 아세요?」

「아 그래요? 광고 쪽 일을 하셨어요?」

「네……」

「그런데 오리 판촉 광고를 했다고요?」

「네, 페리고르산 오리죠. 제 덕에 페리고르산 오리에 날개가 돋쳤다는 거 아닙니까.」

「보아하니 당신 마음속에는 오리 생각뿐이군요.」

「네, 그리고 저는 그게 자랑스럽습니다. 지금, 제 덕에 페리고르산 오리는 전 세계 모든 식당에서 이름을 날리고 있죠.」

「적어도, 그 오리들 모두 털을 뽑아야 할 테니, 페리고르 지방의 실업자들에게는 일자리가 생겼겠군요.」

「아뇨, 모든 작업이 자동이죠. 제가 공장 구경을 가 봤거든요. 전기로 오리들을 잡고 털은 황산에 담가 녹이더군요.」

「그 기술 참 놀랍군요. 고기 좀 드릴까요?」

「음……」

「두려워 마세요. 이건 페리고르산 오리가 아니라 일본산 오리니까요.」

「아, 그래요! 솔직히 말씀드리면 그걸 더 좋아합니다.」

「날개로 드릴까요, 다리로 드릴까요?」

「다리로 주십시오.」 자기가 우유부단한 사람이 아니라는 것을 보여 주려고 서슴없이 샤를이 대답했다.

그녀는 그의 몫을 덜어 주고 자기 몫도 던 다음 포도

주 잔을 채웠다.

「우리의 만남을 축하하면서.」 그녀가 말했다.

「저는 우리의 앞으로의 만남들을 위해서! 일단 여기서 나가면 당신과 자주 만나게 되었으면 하니까요……!」

「남편이 입던 셔츠가 당신한테 기막히게 잘 어울리네요. 이 엘리베이터의 버튼과 잘 어울리는 것으로 골랐지요.」

「흠……. 부인께서 요리하신 오리 고기는 그야말로 일품이군요, 정말 감탄스럽습니다. 오리 고기 맛을 이렇게 살리다니 정말 놀랍군요. 이 일본 것들은 대단하네요.」

「그들 모르게 그들을 잡을 수 있으면 좋겠네요.」

「네, 일본 사람들을 없애 버릴 수만 있다면 모든 게 훨씬 나아질 텐데요.」

「아뇨, 전 일본 사람이 아니라 일본 오리 얘기를 한 거예요. 그 오리들이 고통받지 말았으면 해요……. 자, 포도주 조금 더 하시죠!」

샤를은 무슨 수를 써서라도 열성과 호감을 보여야 한다고 혼잣말을 했다. 이건 생사가 달린 문제인 것이다.

그가 억지로 미소를 지어 보이며 말했다. 「정말이지, 오늘 저는 과분한 대접을 받고 있군요. 올리브 넣은 오리 고기 요리에, 〈라 트라비아타〉에……」

「두 가지가 서로 잘 어울리죠, 안 그래요?」

「썩 잘 어울립니다. 이 오페라에는 분명히 약간 슬픈 구석이 있습니다만, 오리의 운명을 생각한다면……. 어느 날 여느 오리들과 다를 바 없는 오리로 태어나서, 자기 몸에 날개가 달렸다는 걸 발견하고, 날개를 퍼덕거려 날아 보려 하고, 암컷과 사랑에 빠져 새끼들을 낳고, 그러다가 어느 날, 꽥! 이유도 모르는 채 죽어서 올리브와 함께 먹히다니……」

「셰익스피어가 오리에 대해 뭐라고 했는지 아세요?」

「음……. 모르겠는데요.」

「저도 몰라요. 그런데 내가 만든 이 소스 어때요?」

「기막히네요. 이 소스는 오리의 영혼을 놀랄 만큼 잘 표현하고 있습니다.」

이제 그는 행동을 개시하여, 불타오르는 열정을 그녀에게 머뭇거리지 말고 고백해야 했다. 그럼에도 그는 샐러드가 나올 때까지 기다리기로 마음먹었다.

그녀가 말했다. 「브라보! 우린 부르고뉴 포도주를 해치웠어요! 우리 할아버지 말씀을 따라 하자면, 바늘 끝으로 찔러도 피 한 방울 안 나올 여자가 여기도 하나 있죠. 이제 보세요, 나한테 비장해 둔 보르도 포도주가

63

한 병 있답니다. 맛보면 정말 놀라실 거예요!」

「라 트라비아타」가 제2막으로 넘어가자 그들은 보르도 포도주를 마시고 베이컨 조각을 넣은 샐러드를 먹기 시작했다. 샤를은 이 여간수가 신은 무도화에서 몇 센티 떨어진 곳에 코를 두고, 경계심과 불안을 지닌 채 음식을 먹었다. 몸에 딱 붙는 그녀의 원피스를 보고 그는 그녀가 팬티를 입지 않았다는 것을 알 수 있었다. 〈좋아. 최후의 공격을 개시할 때다〉 하고 그가 혼잣말을 했다. 그러나 그녀가 허를 찔렀다.

「중국의 에로티시즘에 대해 어떻게 생각하세요?」

「중국의 에로티시즘이요? 아, 저…… 좋은 것들이 있죠…….」

「중국 사람들은 서로 몸을 건드리지 않고 사랑을 하는 법을 아나 봐요.」

그가 걱정스러워하며 대꾸했다. 「아? 그것 좀 보았으면 좋겠군요……. 저 개인적으로는 시골풍의 오래된 방식이 더 좋습니다만…….」

「네, 전통보다 더 좋은 건 없죠.」

샤를은 보르도 포도주 한 잔을 단숨에 들이켜고 나서, 두 눈에 야성적이고 원초적인 욕망의 표현을 담으려고 애를 쓰며 마치 광고에 나오는 카자흐 기병(騎兵)

이 비오플레[3] 요구르트를 바라보듯이 그녀를 바라보았다. 그러나 술기운에도 불구하고 그는 스스로 무기력함을 느꼈고 배 속에 무슨 덩어리가 든 것처럼 거북했다. 사안이 워낙 중요하다 보니 그는 당황하고 있었다. 지금 그는 생사를 걸고 있는 것이었다. 난생처음으로 그물 없이 건수를 잡으려 하고 있는 것이었다.

그는 숨을 크게 내쉬었다. 스스로를 안심시키기 위해 이 여자에게서 단순한 소비자의 모습만을 보려고 애를 썼다. 그녀를 향해 고개를 쳐들고 그는 독수리 같은 눈으로 그녀를 뚫어지게 바라보았다. 〈나는 승자다!〉 그는 거듭 중얼거렸다. 〈페리고르산 오리, 그게 나다! 불소를 넣은 요구르트, 그게 나다! 불가리아 향취를 가미한 치약, 그게 나다! 순대……〉

「후식으로 생크림 얹은 파인애플 어때요?」

「어…… 아주 좋습니다.」

그는 생크림 얹은 파인애플이 나올 때까지 공격 방식을 달리 해보기로 마음먹었다. 그렇게 하면 심리적인 형세가 좀 더 자기에게 유리해지리라.

그는 참호에서 뛰쳐나가 총검으로 공격할 태세를 갖

3 요구르트 상표명.

추고 있는 사람처럼 비지땀을 뚝뚝 흘렸다.

자, 용기를 내, 첫걸음 떼기가 어려울 뿐이야.

그는 코를 최대한 앞으로 내밀고 말을 건넸다.

「글쎄, 밤에 당신 꿈을 꾸었답니다.」

「정말요? 내 꿈을요?」

「네, 열대 지방의 인적 없는 바닷가에 달빛을 받으며 우리 두 사람만 있었습니다. 온갖 빛깔의 별들이며 별똥들, 소용돌이치는 은하수가 밤하늘을 수놓고 있었습니다……. 모래밭에 달빛이 비쳐 종려나무 그림자가 뚜렷이 드러났죠. 우리 주위에는 너른 공간이 펼쳐지고 장엄한 파도가 그 공간을 누볐습니다. 은빛 새들이 불가사리를 낚으려고 물결 속으로 잠겨 들고, 날아다니는 금빛 물고기들은 달을 향해 펄쩍펄쩍 뛰어올랐습니다. 물은 투명하고, 대양의 깊은 속까지 들여다보였습니다. 그 속에선 수백만의 희한한 동물들의 모습이 드러났습니다. 털북숭이 낙지, 얼룩말처럼 생긴 상어, 번쩍번쩍 빛을 발하는 해마, 상아가 달린 고래, 바둑판무늬가 찍힌 가오리, 거대한 밀전병처럼 생긴 가자미……. 마치 바다 밑에서 큰 축제가 열린 것 같았습니다.」

「그런데 우린, 우리는 무얼 하고 있었죠?」

「우리는, 우리는 해변을 거닐었습니다. 물거품이 우

리의 발치를 스쳤죠. 갑자기, 우린 백사장에 좌초한 노예선의 잔해를 보았습니다. 우리는 그 배 안으로 슬그머니 들어가, 그 안에서 모든 것을 잊어버렸습니다…….
우리는 둘뿐이었고 다른 것은 전혀 문제가 되지 않았습니다.」

「당신 코에 생크림이 묻었네요.」

「……난파선의 뱃전을 철썩철썩 치는 파도 소리가 들렸습니다. 파도는 우리의 불타는 가슴처럼 출렁대고 있었습니다…….」

〈만세!〉 그는 머릿속으로 부르짖었다. 그리고 여간수의 다리에 한 손을 갖다 댔다.

그녀는 몸을 빼지 않았다. 그는 천천히 그녀의 장딴지를 쓰다듬기 시작했다.

「그런데 우린 그 노예선 안에서 무얼 했죠?」 그녀가 물었다.

「태초부터 남녀가 욕망과 열정에 빠졌을 때 하는 바로 그 일을 했죠…….」

그러면서 그는 살며시 그녀의 무도화 한 짝을 벗기고 손가락 끝으로 그녀의 한쪽 발을 쓰다듬기 시작했다. 〈모든 것이 헛되다〉고, 그는 자신을 격려하기 위해 되풀이해 중얼거렸다. 그러다가 「라 트라비아타」가 한

창 흐드러지게 울려 퍼질 때 그는 빨간 매니큐어를 칠한 그녀의 발톱 하나에 입을 맞추었다……

「안 돼요.」그녀가 갑자기 발을 빼면서 말했다. 「우리를 갈라놓는 것이 너무 많아요.」

그는 비장하게 창살을 부여잡았다.

「우리를 서로 멀리 떨어뜨려 놓는 것은 오직 엘리베이터뿐입니다. 하지만 이 장애물이 숙명적인 건 아닙니다! 세상의 어떤 엘리베이터도 두 사람이 사랑하는 것을 막을 수는 없습니다! 아, 갑자기 멋진 생각이 떠오르네요! 우린 왜 구조대를 부르지 않죠? 그냥 전화 한 통만 하면 구조대가 달려올 텐데요. 바람처럼 빨리, 의무를 다하려고 노심초사하면서 말입니다! 몇 분이면 그들은 저를 여기서 꺼내 줄 테고 우리는 마침내 합쳐질 텐데 말입니다!」

「그것참……. 우리가 얼굴을 마주 보며 오붓하게 식사를 하는데 당신은, 당신은 구조대를 부르고 싶단 말이죠! 당신 대단한 유물론자군요! 사소한 엘리베이터 문제에 완전히 정신이 팔려 있군요! 당신한테 중요한 건 오로지 여기서 나가는 거죠!」

「하지만, 좀 더 당신과 가까이 있고 싶어서 그러는 겁니다…….」그가 신음하듯 말했다.

「나하고 좀 더 가까이 있겠다고요? 구조대 떼거리들 틈에서 말이에요? 아, 거참 고맙군요!」

「들어 보세요…….」

「아뇨, 우리 집에 구조대는 안 돼요! 그들은 50명쯤 한꺼번에 들이닥쳐 내 집 계단을 모조리 더럽힐 거예요. 게다가 그들은 당신의 사소한 걱정거리 같은 것에 신경 쓰는 것 말고도 다른 할 일이 많아요. 사고를 당한 사람들, 자살한 사람들, 살해된 사람들, 이런 사람들이 얼마나 많은데…….」

그녀는 뾰로통한 표정으로 고개를 숙였다. 말뚝처럼 굳어서 입술을 부르르 떠는 샤를은 신경증 발작을 일으키기 일보 직전이었다.

「당신은 그래도 감옥에 갇힌 건 아니잖아요.」 그녀가 덧붙였다. 「이보다 훨씬 더한 곤경에 처한 이들도 많아요. 리우데자네이루의 빈민가에 사는 사람들을 좀 생각해 보세요……. 아니면 목숨을 부지하기 위해 쓰레기통을 뒤지는 필리핀 사람들……. 또 아프리카에서 풀 뿌리를 씹는 사람들……. 당신은 올리브 넣은 오리 고기 요리를 먹죠, 엉덩이 따습죠, 텔레비전도 볼 수 있죠. 그런데도 불만이에요!」

「제 생각을 말씀드려도 될까요?」 증오를 억누르느라

고 바르르 떨면서 그가 말했다.

「어디 말해 보세요. 이 엘리베이터 안에서는 누구나 자유롭게 자기 의사를 표시할 권리가 있어요.」

「제 생각에 당신은…… 당신은…….」

「뭐죠? 어디 얘기해 보세요, 말해 보라고요, 뭘 기다리는 거예요?」

「전…… 전 더는 못 참겠습니다.」 한쪽 뺨을 층계참의 모서리에 대면서 샤를이 빠른 어조로 중얼거렸다. 「너무 지쳤어요……. 당신이 저를 조금만 도와주실 수 있다면…… 권총이 있었으면 합니다……. 아주 끝내 버리게요……. 제발 좀…….」

「그럴 수도 있겠죠.」

그가 울부짖었다. 「그런데 도대체, 왜 접니까? 네? 왜 나죠? 당신이 불행하다는 건 이해합니다. 당신이 분풀이를 하고 싶어 한다는 것도요. 하지만 왜 날, 나를 갖고 이러냐고요! 난 아무 짓도 안 했는데!」

「이 아저씨가 아무 짓도 안 하셨다네! 그런데 그걸 자랑이라고 하는 거예요! 참 대단하시구먼……! 남을 위해 아무 일도 해본 적 없으면서 이제 와서 남이 자기를 위해 뭘 해주었으면 하고 바라다니!」

「전…… 아직은 속죄할 수 있습니다……. 남들에게

70

도움이 될 수 있다고요······. 뭔가를 할 수 있어요······.
저도 모르겠지만······ 예를 들어 댁에 페인트칠을 새로
해드릴 수도 있고요······.」

「이런 가엾은 사람······.」

샤를은 아무 대꾸도 하지 않았다. 그는 깊이 감동한
얼굴로, 자기를 핍박하는 여자의 구두를 응시했다.

「왜 그러죠? 꼭 칼을 본 암탉 같군요.」[4] 그녀가 말했다.

「이건······. 이건 에르네스트 구두군요······. 이 구두
의 텔레비전 광고를 만든 게 접니다······. 아시죠, 베이
루트의 폐허에서 젊은 여자가 이러죠. 〈내 구두는 에르
네스트. 그 밖에 뭐가 중요하겠어요?〉」

「아, 그래서 좋으시겠네요! 당신이 만든 광고, 그게
성공했다니 말이에요!」

그러더니 그녀는 문을 철컥 소리 나게 닫고 자기 집
으로 들어갔다.

4 *On dirait une poule qui a trouvé un couteau.* 〈어리둥절하다〉, 〈몹시
당황하다〉라는 뜻의 관용구.

다섯째 날

「변기 좀 주시유.」

샤를은 먼 곳에 멀거니 시선을 둔 채 기계적인 몸짓으로 변기를 내주었다. 간밤에는 마치 지옥을 미리 맛본 것 같았다. 그는 증오를 되씹으며 복잡한 복수의 계획을 꾸몄다. 조난자의 창백한 얼굴을 테 둘러 비치는 거울 앞에서 그는 자기의 복수가 끔찍한 것이 될 거라고 다짐했다.

그러나 증오만으로는 여기서 빠져나갈 수 없으리라는 사실을 그는 금세 깨달았다. 그의 상상력, 즉 복수 또는 영광의 꿈으로 그를 유혹하고, 다음 순간 그에게 등을 돌려 불길한 환영으로 짓누르는 이 아첨꾼으로도 여기서 나가는 데는 도움이 되지 못할 것이다. 필요한 것은 행동이다. 명석하게, 제대로 된 방법과 결단력을 갖추어 행동하는 것. 그러자면 깊이 생각해야 한다. 그러나 오로지 확실한 문제들에 관해서만 그렇게 해야지 막연히 생각해서는 절대 안 된다.

그래서 그는 적의 심리에 대해, 마키아벨리의 다음과 같은 금언을 적용해 가며 집중적으로 파고들었다. 〈스스로를 아는 자는 강하다. 그러나 적도 아는 자는 천하무적이다.〉

한밤중이 되어서야 숨이 막힐 듯한 공포 속에서 진실이 눈에 확 드러나 보였다. 저 여자는 결혼을 원하는 거다!

그녀가 그저 불장난을 저지르는 것에는 관심이 없다는 사실은 분명하다. 그가 진심으로 그녀를 설득하며 청혼하지 않는 한 그녀는 이 감옥 문을 열어 주지 않을 것이다.

이 암울한 전망에 넋이 나가 버린 샤를은 긴 시간을 꼼짝도 않고, 거의 숨도 안 쉬고, 마치 움직이지 않으면 이 저주받은 엘리베이터에서 사라질 수 있기라도 할 듯이 그렇게 있었다.

오전 6시 9분에 그는 결혼하기로 결심했다. 다만, 촛불을 켜놓고 한 저녁 식사가 실패로 돌아간 직후이므로 청혼을 한다고 해도 설득력이 없을 터였다. 그녀는 꿍꿍이가 있다거나 아니면 황망 중에 어쩔 수 없이 저런 행동을 하는 거라고 생각할 것이었다. 우선은 여유를 갖고 일을 덮어 두어야 한다.

7시가 되자 샤를은 노래를 부르기 시작했다. 그는 생전 노래라고는 해본 적이 없었다. 그는 노래를 싫어했다. 그러나 노래를 하니 속이 편해졌다. 노래가 불안을 가만가만 잠재워 주고, 암담한 생각들을 줄여 주었다.

「작은 배가 있었네」라는 노래를 부르고 있는데 그 스페인 파출부가 불쑥 나타났다.

그는 그녀를 매수하기로 마음먹었다. 그러나 가난한 사람들은 마음이 여린 법이니, 우선 그녀가 자기를 불쌍하다고 생각하게끔 만드는 것이 더 현명하다고 판단했다.

고양이는 빼꼼 열린 문 뒤, 관찰자의 위치에 있었다.

보란 듯이 샤를은 아침 식사에 손도 대지 않고 눈물을 짜냈다. 파출부가 변기를 도로 갖다 주고 더운물이 담긴 대야를 건네주자, 그는 신음하고 가슴을 치며 갑작스레 털썩 주저앉았다(스페인에서는 비극적인 상황에서 사람들이 이런 식으로 처신할 거라고 그는 상상했다). 파출부는 두 눈을 둥그렇게 뜨고 주인 여자에게 알리러 가려고 몸을 움질거렸지만, 샤를이 손짓으로 그녀를 제지했다.

「아닙니다! 아주머니께 말씀드리고 싶은 것이 있어요…….」

그녀는 누가 자기에게 무슨 말을 하고 싶어 하다니 웬일인가 싶어 겁먹은 것 같았다. 그렇지만 그녀는 몸을 수그려 샤를 쪽을 향했다. 샤를은 무릎을 꿇고 순교자 같은 자세로 두 주먹을 꽉 쥐어 가슴에 대고서 말했다.

「저는 너무 괴롭습니다……. 이해하시겠습니까? 전 괴롭다고요…….」

그녀가 대꾸했다. 「이해해유. 인생은 눈물 구덩이에유. 아저씨도 고생 많지만 스페인 농사꾼들도 괴로움 많아유…….」

그가 항변했다. 「네, 하지만 저는 다릅니다. 저는 고생에 익숙하지 않아요……. 저는 고생하려고 태어난 게 아녜요……. 저는요, 이런 고통…… 너무나 괴로워요.」

그녀는 설득당한 것 같지 않았다. 그러자 그는 양손으로 머리를 싸쥐고 몸을 앞뒤로 흔들기 시작했다. 그러고 나서 참담한 얼굴을 보이며 이어 말했다.

「제게 필요한 건 한 가지뿐입니다……. 아무도 모르게 간청하겠는데, 저한테 십자가를 하나 갖다 주십시오.」

「십자가유?」

「네, 십자가 말입니다. 저를 기다리는 아내와 다섯 아이를 위해 기도하게요……. 제가 없으면 그들은 이제 먹지도 못하고, 길로 내쫓길 겁니다. 저는 그들을 위해 기도해야 합니다…….」

이번에는 그녀의 마음이 흔들린 것 같았다. 샤를은 일어섰다. 두 팔을 디룽디룽 늘어뜨린 채 그는 마치 스스로를 지탱할 길이 없다는 듯이 엘리베이터 벽에 머리를 기댔다. 고양이는 눈앞에서 펼쳐지는 이 드라마를 한 토막도 놓치지 않고 모조리 관찰하고 있었다. 샤를은 요란하게 코를 훌쩍거렸다. 그는 눈물을 닦는 듯이 손으로 얼굴을 훔쳤다. 파출부는 마음이 움직인 것 같아 보였다. 단순한 사람들, 그리고 순수한 마음들을 속이기가 얼마나 쉬운지 보면서 그는 새삼 경탄했다.

그는 두 손을 모으며 말을 이었다. 「제발, 저의 식구들을 위해 어떻게 좀 해주십시오! 적어도 제가 여기 있다는 사실을 아내가 알기는 해야죠……. 부탁이니, 가서 이웃 사람들한테 알려 주십시오……. 아니, 이웃 사람들 말고 경찰에 알려 주세요! 아시겠어요? 경찰 말입니다……. 총 가진 순경요……. 순경 한 사람만 데려다주세요…….」

「지는 경찰을 만나면 안 돼유. 일하는 데 필요한 서

류들을 다 갖추지 못했거든유.」

「그럼 저…… 아무 바에나 가세요. 한 남자가 엘리베이터 안에서 꼼짝 못 하고 있다고 말하세요…….」

「지는 바에는 절대 안 들어가유.」

「제발, 프랑스를 위해서 돌아가신 그리스도의 이름으로!」

「쬐금 기다리시유…….」

그녀는 고양이를 냉큼 안고 집으로 들어갔다. 잠시후, 그녀는 전화기를 갖고 돌아왔다.

「주인 아줌니는 목욕하시는구먼유.」 그녀가 말했다.

샤를에게 이것은 성서에나 나옴직한 환희의 순간이었다. 전화선을 당길 수 있는 대로 잡아당기니 전화기가 층계참 한가운데, 그의 손이 닿는 곳까지 왔다. 그는 전화기에 덮치다시피 달려들었다.

「지는 주인 아줌니를 살필게유.」 파출부가 집으로 다시 들어가며 말했다.

「그렇죠. 망을 봐주세요.」

좋아, 이젠 재빨리 행동해야 한다.

누구를 부르지?

소위 그의 〈관계망〉 내에는 믿을 만한 사람이 아무도 없다. 각 분야에 유능한 사람들은 다 있지만 실제로 도움이 될 만한 사람은 없는 것이다. 상냥하고 교양 있는 〈친구들〉, 그러나 손끝 하나 까딱 못 하고 빠져 죽게 된 그의 모습을 누가 보아 주랴? 그를 진정으로 사랑하는 몇몇 사람들과는 이미 연락이 끊긴 지 오래였다. 그들은 쓸모 있는 관계에 속하는 사람들이 아니었으니까. 그러니 선택은 간단할 수밖에. 경찰이냐 구조대냐 둘 중 하나다.

경찰을 부르면 시간을 끌 염려가 있다. 구조대를 부르자. 그는 전화 다이얼 쪽으로 손을 내밀었다. 그의 손가락이 마치 딸기에 설탕을 뿌릴 때처럼 바르르 떨렸다.

「당황하지 말자, 이봐 샤를. 당황하면 안 돼. 서두르면 시간을 버리는 거야. 하나씩 차근차근 동작을 취해 가야 해. 급할 것 없어⋯⋯.」

그는 다이얼 번호 1을 돌리고, 그다음에 8을 돌렸다.[5]

「여기는 긴급 구조대입니다. 말씀하십시오⋯⋯.」 아리따운 여자 음성이 들렸다.

승리다!

「여보세요, 안녕하십니까. 제 이름은 샤를 퀴블리에.

5 프랑스 긴급 전화번호. 우리나라의 119와 같은 번호로, 화재, 사고, 응급 진료에 대처한다.

저는 엘리베이터 안에 갇혀 있습니다. 긴급 구조를 좀 부탁드립니다…….」

「엘리베이터가 두 층 사이에 서 있는 거죠. 맞습니까?」

「바로 그렇습니다. 한 사람이 타고 있습니다.」

「잠시만 기다려 주세요. 담당 부서를 바꿔 드리겠습니다.」

샤를은 겁에 질린 채, 수화기에서 나오는 음악을 들었다. 비발디의 「사계」라는 걸 알 수 있었다. 「봄」이었다.

바로 이때, 문 앞에 파출부의 당황한 얼굴이 나타났다.

「아줌니가 목욕 다 하고 나와유!」

배 속이 꼬이고 목구멍이 바짝 마른 채 샤를은 비발디의 음악을 들었다. 경찰을 부르려면 전화를 끊어야 했다. 그러나 똑같은 일이 벌어질 위험이 있었다. 수화기를 잘근잘근 물어뜯으며 그는, 모두들 발등에 불이 떨어져 야단인데 구조대는 비발디나 듣고 있는 이 부조리한 사회를 저주했다. 그때, 예전에 자기가 생리대 광고에 썼던 멜로디가 흘러나왔다. 오늘 비발디는 복수를 하고 있는 것이었다.

마침내 음악이 그쳤다. 젊고 씩씩한 남자 목소리가 들렸다.

「여기는 긴급 구조대입니다. 용건을 말씀하십시오.」

「안녕하십니까. 제 이름은 샤를 퀴블리에. 저는 엘리베이터에 갇혀 있습니다. 구조대가 얼른 와서 저를 이곳에서 빼내 주실 수 있겠습니까? 제발 부탁입니다……」

「당신은 한 사람이 엘리베이터에 갇혀 있다는 것을 알리려고 전화하셨습니다. 맞습니까?」

「바로 그겁니다! 그리고 제가 바로 당사자입니다!」

「문제의 엘리베이터 안에 갇힌 사람이 바로 당신, 맞습니까?」

「네, 맞습니다, 맞아요! 전 갇혀 있습니다! 다시 말해, 저는 나갈 수가 없다고요!」

「좋습니다. 지금 전화하시는 곳을 알 수 있을까요?」

「그야 엘리베이터에서 하는 거죠! 누가 도와줘서 전화기를 구하는 데 성공했습니다……. 들어 보세요. 전 구조원과 통화하고 싶습니다!」

「내가 바로 구조원입니다.」

샤를은 땀에 흠뻑 젖어, 물에 빠진 사람이 구명대에 매달리듯 수화기를 꽉 움켜쥐었다.

그는 애원했다. 「제발, 통화가 끊길지도 모릅니다. 저를 이 상태로 그냥 내버려 두지 마세요……」

「현재 당신이 혹시 의사의 치료를 받고 계신지를 알 수 있을까요?」

「제 말 좀 들어 보세요. 저는 정신이 아주 말짱합니다. 심리학 학사 학위도 있습니다. 조금 있으면 제가 엘리베이터에 감금된 지 일주일 됩니다. 이제 지칠 대로지쳤습니다…….」 샤를은 발음을 정확하게 하려고 애쓰며 대답했다.

「좋습니다. 이제 확인 과정을 밟도록 하죠. 엘리베이터는 어디 제품이고, 가동을 시작한 날짜는 언제죠?」

「음…… 도나디외 회사 것이고, 1919년…….」

수화기 저편은 쥐 죽은 듯 조용했다. 그러더니 말소리가 들렸다.

「그곳 주소는요?」

「음…… 바노 거리……. 번지수는…… 음…… 잠깐만요. 제가 적어 놓았습니다……. 아 이런! 종이가 겉옷주머니에 있군요…….」

그 주소를 알려면 파출부를 불러야 했다. 그러나 그렇게 하면 발메르 부인이 사태를 눈치챌 염려가 있었다…….

구조원이 말했다. 「요약해 봅시다. 당신은 고장 난 엘리베이터에서 전화하는데, 건물 주소는 모르지만 누군가의 도움을 받고 있다 이거죠, 맞습니까?」

「제 얘기 좀 들어 보십쇼, 구조원님. 저는 인질로 잡힌 겁니다. 제 말뜻 아시겠습니까? 지금 몰래 전화하는 겁니다……. 저는 이 건물 주인에 의해 감금당했습니다…….」

「다시 말하자면, 당신은 납치당한 사람이란 말이죠?」

「맞습니다. 바로 그겁니다! 전 납치당했어요!」

「좋습니다. 당신의 경우는 우리가 힘을 쓸 수 있는 영역이 아닙니다. 경찰의 소관 사항입니다.」

바로 이때, 파출부가 미친 듯 후닥닥 나와서는 전화기로 달려들더니 수화기를 샤를의 손에서 뺏으려고 잡아당겼다. 샤를은 수화기를 죽어라 꽉 쥐고는 그녀에게 소리쳤다.

「번지수! 이 건물의 번지수를 말해 줘요!」

그러나 이 한심한 여인은 이미 제정신이 아니었다. 그녀는 앞뒤가 맞지 않는 소리를 뭐라고 중얼중얼거리며 전화기를 잡아당겼다. 그러자 샤를은 수화기에 대고 울부짖었다.

「구조원님, 제발 부탁이니 어떻게 좀 해주십시오! 여긴 바노 거리 중간쯤에 있는 회색 건물입니다! 전 더 이상 못 견디겠어요. 미쳐 버릴 겁니다! 절 구해 주세요! 작년에 저는 구조원들을 위한 성금으로 1백 프랑을 냈습니다! 전 나쁜 사람이 아닙니다. 저희 아저씨가 장군이십니다……!」

갑자기 수화기에 달린 줄이 끊겼다. 파출부는 기우뚱하더니 뒤로 나자빠졌다. 바로 이때 발메르 부인이 분홍빛 목욕 가운을 걸치고 나타났다. 고양이가 그 뒤를 따랐다.

「이게 대체 무슨 난리굿이에요?」 그녀가 말했다.

파출부는 현관 앞의 깔개에 주저앉아 훌쩍훌쩍 울기 시작했다.

「이 아저씨 부인하고 애들이 굶어 죽게 생겼다고 해서, 소식이나 전하라고 제가 이 전화기를 아저씨 드렸시유…….」

샤를은 줄이 대롱대롱 늘어진 수화기를 손에 들고서, 점잖은 모습을 잃지 않으려고 애를 썼다. 그러나 낯빛은 푸르딩딩했고, 두 다리는 허청거렸다.

발메르 부인이 말했다. 「아니 이건, 해도 해도 너무하는군요! 내 엘리베이터에 눌어붙어 있는 것만으로도 모자라서, 내가 뒤돌아서기 무섭게 우리 집 파출부에게 나쁜 물을 들이려고 하다니! 그리고 아까 누구한테 전화했어요? 구조대요?」

샤를은 고개를 숙였다.

그녀가 말을 이었다. 「아니 믿을 수가 없군! 당신은 구조대 생각만 하고 있군요! 좋아요, 이제 당신 후식은

없어요. 그리고 당신, 마리아, 이 일로 깨달은 바가 있었
으면 좋겠어요. 저 사람은 거짓말을 한 거예요. 저이는
부인도 애들도 없어요. 이젠 알겠죠, 파리에서는 남자
들 말을 귀담아 들어선 안 된다는 걸 말이에요. 어머니
말씀대로, 행실은 바르게, 마음은 돌처럼 가져야 해요.」

파출부가 대답했다. 「이젠, 남자가 저한테 말을 하
면, 그 얼굴에 침을 뱉어 줄 거구먼유.」

그리고 샤를을 향해 말했다.

「거짓말을 했으니 당신은 나쁜 사람이유. 괴물!」

샤를은 어쩔 줄 모르고 수화기에 달린 줄만 비비 꼬
고 있었다. 두 여자는 위쪽에서 준엄한 눈길로 그를 응
시하고 있었다. 아주 커다란 절굿공이가 있다면 그는
저 두 여자를 빻아서 파이에 넣을 고기처럼 잘게 다져
놓았을 것이다. 그는 민망스러워하며 수화기를 층계참
에 놓았다.

전화기 본체는 한구석에 밀쳐져 있었다. 이쪽 전화번
호가 번호판 위에 씌어 있는 것을 샤를은 보았다. 저 번
호를 구조대원들에게 알려 주기만 했어도 그들은 그걸
갖고 주소를 알아낼 텐데……. 그러자 그는 무덤 속에
서 들려오는 듯한 신음을 내뱉으며 주저앉아 버렸다.

여섯째 날

샤를은 점점 낙관적으로 변해 갔다. 후식을 주지 않는 것 말고는 발메르 부인이 그에게 어떤 제재도 가하지 않았던 것이다. 그녀는 심지어 부인할 수 없는 관용의 증거까지 보여 주었다. 곰곰 생각할수록, 전화 사건에도 불구하고 자신의 청혼이 받아들여지리라는 확신이 생겼다. 자기처럼 똑똑하고 교양 있고 장래가 촉망되고 남들보다 더 이기적인 것도 아니고 매혹적인 편인 남자를 만난다는 것은 여자에게 허구한 날 일어나는 일이 아닌 것이다. 이렇게 예외적인 호기(好機)를 그녀가 그냥 놓칠 수는 없으리라. 하지만 일단 그가 밖으로 나가게 되면 정말 결혼할는지는……. 그는 한밤중에 혼잣말을 했다. 「결론적으로 말해 이 여자는 돈이 있어. 그만하면 미인이고 절대 멍청하지 않아. 내가 차지할 만한 여자야.」

잠을 아주 조금 잤는데도 그는 거뜬히 일어났다. 그러나 무덤에서 파낸 시체 같은 자기 얼굴을 거울로 보고는 충격을 받았다. 운동을 꼭 좀 해야겠군. 파출부가 올 때까지 기다리면서 그는 그 자리에서 무릎을 번쩍 번쩍 추켜올리며 달리기를 시작했다.

「여기 사십니까?」의아해하는 음성이 들려왔다.

샤를은 두 눈을 들어 쳐다보았다. 그리고 기뻐서 소리를 지를 뻔했다. 우편집배원이다! 콧수염을 텁수룩하게 기르고 모자를 쓰고 커다란 배낭을 멘 진짜 집배원!

샤를은 달리기를 멈추고 솔직하고 느긋한 태도를 보였다. 도움을 청하기 전에 상대방의 호감을 좀 사놓는 편이 나으니까.

그가 안심하라는 투로 말했다. 「아닙니다. 사실 저는 여기 사는 사람은 아닙니다. 그저 여기 들른 사람이었습니다.」

「아……? 아래층 문이 열려 있기에 전 초인종을 안 눌렀는데요…….」

「잘하셨습니다.」

「저는 달력을 돌리러 왔습니다.[6] 이 댁에 누구 계십

---

6 프랑스에서는 연말에 집배원이 달력을 돌리며 성금을 받는 관례가 있음.

니까?」

「잠깐만요. 초인종을 누르지 마세요! 제가…… 제가 달력을 하나 사겠습니다……」 샤를이 말했다.

「드리고말고요. 자 보세요, 신년 달력은 아주 멋있습니다…… 자, 털북숭이 강아지 사진이 있는 이 달력 좀 보십시오……. 아니? 개를 안 좋아하세요? 전 개를 세 마리나 기르는데요.」 집배원이 쭈그리고 앉으며 말했다.

「아뇨, 아뇨, 전 개를 무척 좋아합니다. 하지만, 음…… 개를 찍은 사진은 안 좋아하는데…….」

「맞습니다. 개는 실물이 낫죠……. 자, 이건 비행기에서 내려다본 뉴욕입니다. 초고층 건물도 있고 다 있죠……. 아니, 이게 마음에 안 드십니까? 맞아요, 이건 시골뜨기들이나 좋아하죠……. 초원에 양 떼가 노는 이 달력은, 아주 인기가 좋습니다. 이걸 보면 어딘가 가서 맘껏 숨 쉬고 싶다는 마음이 들거든요, 안 그렇습니까……? 선생께선 정확히 어떤 종류를 좋아하시는지요?」

「오! 저는, 제가 좋아하는 건 저…… 음…… 뭐랄까?」

「알겠습니다. 맞아요. 자, 선생께 필요한 것이 저한테 있지요. 우체국 여직원 위에 남자 직원이 올라타 있는 이것. 에로틱하지만 그리 천박하진 않죠. 그런데 엘리베이터 안에 걸어 두시려는 겁니까?」

「음…… 그렇습니다. 장식을 좀 하려고요…….」

「그렇군요. 그리고 엘리베이터 안에 달력이라, 실용적이죠. 이 층 저 층 오르내릴 때 심심풀이가 되거든요. 자, 산 풍경을 담은 달력입니다……. 엘리베이터에선 이게 어울리겠네요. 전망도 트이고요…….」

「네, 음……. 산이 있는 걸 골라야겠네요.」

「맞습니다. 진실한 거라곤 그저 자연밖에 없죠.」

샤를은 달력을 집어 들고 지갑을 꺼내 집배원에게 2백 프랑을 주었다.

「감사합니다. 뭘 이렇게나 많이 주세요.」

「뭘요! 보통이죠. 우체국이 없다면 우리가 어떻게 살겠습니까?」

「그건 옳은 말씀입니다. 누가 뭐라 하든 우린, 적어도 우리는요, 쓸모가 있거든요.」

「당신의 직업이 어디 쓸모 있다 뿐이겠습니까. 관대한 직업이죠. 사심 없이 모든 사람들에게 항상 편지를 전해 주시잖습니까……. 준다는 것! 얼마나 고귀한 행위입니까!」

「좋습니다. 다 좋은데, 저는 일을 해야 됩니다.」 집배원이 말했다.

「잠깐만요, 음……. 제가 별것 아닌 일을 한 가지 부탁해도 될까요?」

「해보시죠.」

「그러니까 저, 아주 간단한 일입니다. 생각해 보십시
오……. 음…… 어떻게 말해야 하나? 이 엘리베이터는
말하자면 작동을 멈춘 상태입니다……. 저는 그러니까
그 안에 갇혀 있는 셈이죠…….」

「아니 뭐라고요……? 그런데 왜 그 말씀을 안 하셨죠?
그리고 언제부터 그 안에서 꼼짝 못 하고 계신 겁니까?」

「엿새 됐습니다.」

「네? 엿새라고요? 아, 아! 식전 술 한잔 마실 때 이
야기를 하면 좋겠네! 엿새요……! 그런데 나가려고 아
무 시도도 안 하셨다고요?」

「그러니까, 그러자면 협조가 필요하다는 말씀입니
다…….」

「시험이라고요?」[7]

「아뇨. 지원이 필요하단 말씀이죠. 말하자면 외부의
도움 말입니다. 엘리베이터 안에 적혀 있는 주의 사항
에도 그렇게 하라고 명백히 쓰여 있어요.」

「아니, 이 양반……, 엿새라니……. 엘리베이터 속에

7 프랑스어 *concours*는 〈협조〉라는 뜻과 〈시험〉이라는 뜻을 함께 가
지고 있다. 그래서 집배원이 이렇게 묻는 것이다.

엿새를 계셨으면 완전히 녹초가 되셨겠군요, 안 그렇습니까?」

「아, 특히 초기에 제일 힘들었어요. 그래도 저는 불평 안 합니다. 먹을 것 주는 사람도 있고요……」

「아, 그러니 선생은, 적어도 기운은 있으시군요! 하지만 그 말씀이 맞습니다. 무슨 일이든지 좋은 쪽으로 봐야죠. 슬퍼하기 시작하면 빠져나갈 길이 없습니다. 그리고 잘 생각해 보면 엘리베이터 안에 있어서 좋은 점도 있어요. 일도 안 하죠, 마누라 얼굴도 안 보죠……」

「사실, 저는 정말이지 이 좁은 칸에 더 오래 머물고 싶은 마음이 없습니다. 하지만 처음 만나는 분한테 도와 달라고 애걸하고 싶지도 않았습니다. 공무원이 올 때까지 기다리는 게 낫다고 생각했습니다. 그런데 숨김없이 말씀드리지만, 제가 여기서 해방된다면 당신도 어느 정도 유명해질 겁니다. 저는 샤를 퀴블리에라고요, 잘 알려진 광고업자입니다. 벌써 여러 차례 텔레비전에도 나왔지요. 그렇다고 해서 제가 어떤 특권을 내세우는 건 결코 아닙니다. 저만이 아니라 그 누구라도 원조를 요청할 권리는 있는 거니까요. 제가 유명하다는 사실을 내세워 남보다 나은 대우를 받고 싶진 않습니다. 그러니 저를 그저 평범한 사람으로 생각해 주십시오.」

「아, 알겠습니다. 원하시는 건 그게 전부인가요?」

「음…… 아닙니다. 그것 말고도, 제가 갇혀 있다는 사실을 경찰 기관에 신고해 주셨으면 합니다.」

「형사들한테 가서 당신이 여기 감금돼 있다는 얘기를 하라는 거지요?」

「바로 그겁니다.」

「기꺼이 그렇게 하고 싶지만, 저는 일을 해야 합니다. 시간을 낭비할 권리가 없어요. 이 문제에 관한 한 윗사람들은 인정사정없거든요. 자, 제가 여기서 당신과 농담을 하고 있지만, 사실 그럴 권리가 저한테 없단 말입니다. 〈어떤 일이든 귀하의 소관 업무 영역 이외의 일을 하는 것은 금지한다〉 이겁니다. 우린 그런 교육을 받습니다…….」

「하지만 그러면 우체국의 이미지가 손상될 것 같은데요…….」

「오! 이미지로 말하자면, 광고가 있잖습니까. 날아다니는 집배원, 하얀 이, 그리고 지진……. 하지만 현실은 광고하고는 전혀 다르답니다. 헐레벌떡, 입은 꾹 다물고. 그게 우리네 운명이랍니다. 그래도 이런저런 일들을 할 수는 있죠……. 얘기하자면야 할 얘기가 좀 많게요……. 아! 제가 장담하지만…… 윗사람들일수록 멍청이들입죠.」

「하지만 지금 우리 같은 경우에는 말입니다, 설령 규칙에 좀 위배된다 해도 오히려 윗분들이 당신을 좋게 생각할 것 같은데요…….」

「선생과 이러쿵저러쿵 얘기 나눌 권리조차 없다고 제가 말씀드리잖습니까! 그리고 엘리베이터에서 사람을 꺼내는 일 같은 건 제 소관이 아닙니다. 그런 일을 하고 돈을 받는 사람들이 따로 있잖습니까. 각자 전문 분야가 있는 거죠. 만약 당신이 여기서 빠져나가게끔 제가 돕는다면, 제 업무의 한계를 넘어서는 겁니다. 절망적인 상태에 있는 모든 이들, 그러니까 주정뱅이, 히스테리 환자, 머리가 돈 사람들을 마주치는 족족 도와야 한다면, 차라리 구세군에 들어가는 게 낫겠지요!」

「제 말 좀 들어 보세요, 당신은 우체부시니…….」

「우체부가 아니라 우편집배원입니다.」

「……집배원이시죠, 죄송합니다. 제가 경찰 앞으로 보내는 간단한 편지 한 통을 부쳐 주실 수 있겠습니까?」

「편지를 부친다고요, 제가요? 아니 정신이 나가셨나요! 제 업무는 우편물을 배달하는 거지, 우편물을 수거하는 것이 아닙니다! 만일 제가 편지를 부친다면, 윗사

람들 앞에 가슴을 내밀며 〈여기다 불똥 내리슈〉 하는
격이 됩니다! 저를 해치려는 겁니까 뭡니까〉 윗사람들
은 인정사정없다고 아까도 말씀드렸죠! 그걸 아셔야
합니다. 당신도 직장에선 윗사람이잖습니까? 텔레비
전에도 나오셨다면서요……」

「아, 아닙니다! 잘못 아셨어요! 저는 그저 말단 직원
일 뿐입니다. 당신처럼 아주 평범한 사람이라고요!」

「이것 참……. 저는 평범한 사람 취급받는 것을 별로
안 좋아합니다. 살아오면서 할 만큼 했으니 웬만큼은
존경받을 만하다고요. 제가 한낱 집배원이라고 당신의
소위 그 유명세로 저를 깔아뭉개면 안 됩니다.」

「그런 생각은 꿈에도 없었습니다, 집배원님……」

「우체부요, 우체부라고 하셔도 됩니다. 절 그렇게 부
른다고 해서 부끄럽진 않아요.」

「확실히 말씀드리지만, 집배원님, 당신이 갖추고 계신
위엄을 저는 더할 나위 없이 높이 평가하고 있습니다.
당신이 정복을 입으셨다는 것도 잊지 않고 있고요. 제
의도는 다만, 국가를 대표하는 분으로서 당신이 이 층
계참에서 확실하고 의심할 나위 없는 권력을 향유하고
있다는 사실을 강조하려는 겁니다. 그 권력 앞에 저는
굴복합니다만, 그 권력이 부여하는 당신의 의무는……」

「……다시 서둘러 내 갈 길을 가는 거죠. 선생 얘기를 듣다가 엄청 늦어 버렸으니까요. 자, 이 집에 누구 있습니까?」

「아뇨, 초인종을 누르지 마십시오. 제 말 들으세요. 이건 사느냐 죽느냐가 달린 문젭니다. 당신은 집배원이지만 또 무엇보다도 앞서 인간이기도 하잖습니까. 그러니 당신의 집배원 모자도, 내가 맨 넥타이도 잊어버리고, 우리를 서로 반대편으로 만들 수 있는 대단찮은 사회적 차이 같은 건 모두 잊어버립시다. 이제 저는 집배원이 아니라 한 인간에게 말을 건네고 있는 겁니다. 당신은 분명히 인간이시죠. 그렇죠?」

「거참……. 이제는 내가 남자인지를 의심하는 거요?」[8]

「아뇨, 전…… 제가 하고 싶은 말은, 당신이 인간이라는 것, 그 점이 뚜렷이 눈에 보인다는 것, 그리고 인간으로서 당신이 제 처지에 무감각할 수는 없다는 겁니다…….」

「아니, 난 무감각하지 않습니다. 독 안에 든 쥐 같은 선생의 처지를 보니 마음이 몹시 아픕니다. 그렇긴 하지만 저는 계속 돌면서 일을 해야 합니다.」

8 프랑스어에서는 〈인간〉과 〈남자〉가 *homme*라는 같은 단어로 쓰이므로 이런 말이 나올 수 있다.

「하지만 그 동정심이 행동으로 나타나야 말이죠!」

샤를의 간청을 더 이상 아랑곳하지 않고 집배원은 초인종을 눌렀다. 잠시 후 발메르 부인이 나와 문을 열었다. 그녀는 갖가지 색깔이 섞인 동양풍 드레스를 입고 슬리퍼를 신고 있었다. 그녀의 발치에 고양이가 있었다.

「안녕하십니까, 부인. 달력을 갖다 드리러 왔습니다.」 집배원이 말했다.

「아! 좋아요. 좀 보여 주세요.」 그녀가 말했다.

샤를은 한마디도 입 밖에 내지 않았다.

「이건 이름은 모르겠지만 무슨 호수인데, 이 달력을 보면 뛰어들어 헤엄치고 싶다는 생각이 들지요, 안 그렇습니까……? 이건 양 떼입니다……. 사랑스럽죠……? 이건 새로 나온 건데요, 우체국 남자 직원 밑에 여자 직원이 있는 사진이랍니다.」

「오, 오! 이 사람들 정말 이렇게 하나요?」 발메르 부인이 소리쳤다.

「아 그럼요. 진짜라는 걸 보증합니다. 우체국 사람들은 진지하답니다.」

「혹시 사자가 있는 달력은 없나요?」

「사자를 원하신다……. 어디 보십시다……. 아뇨, 사

자는 없는데요, 그런데 호랑이는 있습니다, 자요……. 사자나 매한가지지만 줄무늬가 있는 게 다르죠. 이 짐승 좀 보세요……. 이건 자연에 사는 진짜 호랑이랍니다. 사람 잡아먹는 초원의 호랑이라고요……. 남자도 잡아먹고…… 여자도 잡아먹죠.」

「좋아요, 호랑이 달력으로 하겠어요.」

그녀는 가서 지갑을 들고 와 지폐 한 장을 집배원에게 주었다.

「감사합니다, 부인, 즐거운 성탄절 보내십쇼! ……그런데 저 사람에 대해서 알고 계십니까? 엿새째 저렇게 처박혀 있다는 것 같은데요.」

「말 마세요. 저 사람은 엘리베이터에 뭐가 씌운 사람이에요. 자기가 갇혀 있다고 상상하면서 저 안에서 캠핑 중이죠.」 그녀가 대꾸했다.

「아 그렇습니까? 머리가 좀 돈 사람이군요? 나갈 수 있게 도와 달라고 저한테 말도 안 되는 연설을 한바탕 했거든요…….」

샤를은 엘리베이터 구석에서 되도록 몸을 조그맣게 움츠리려고 애를 썼다. 발메르 부인은 시선을 낮추어 그가 있는 쪽을 내려다보았다.

「그게 정말이에요? 당신이 나가고 싶다고 말했어요?」

샤를은 기가 팍 꺾여 입 속으로 우물거렸다.

「그저 누구한테 알려 주면 어떻겠느냐고 했던 겁니다……. 제가 어디 있는지 사람들이 알게요……. 나가려고 그런 건 아니고요…….」

집배원이 소리쳤다. 「아! 이거야말로 끝내주는군! 경찰을 불러 달라고 해놓고, 이제 와서 나갈 마음이 없다니!」

「방금 전에는 사실 그럴 마음이 좀 있었습니다. 하지만 그저 바람 좀 쐬려고요, 한 바퀴 돌고 오려고 그런 겁니다……. 아주 가려고 그런 게 아니고요…….」

발메르 부인이 말했다. 「언제나 이렇다니까요. 나가고 싶다고 말해 놓고 2분 뒤엔 그냥 있겠다고 한답니다.」

「나갈 수 있었으면 하고 바란 것은, 그건 여기 남아 있는 것을 자유롭게 선택하기 위해섭니다.」 샤를이 토를 달았다.

집배원은 기가 막히다는 듯 그를 쳐다보았다.

「나 참, 완전히 돌았구먼! 자, 오늘 아침 전 바보가 되었군요. 그럼 안녕히 계십쇼!」

자기에게는 자유의 화신이었던 이 집배원이 떠나는 것을 보고 샤를은 냉정을 잃었다. 그는 집배원의 바짓단을 꽉 붙들었다.

「집배원님, 저를 여기 그냥 두지 말아 주세요…….」

집배원이 몸을 빼면서 소리쳤다. 「제기랄, 정신 나간 것들은 언제나 내 차지라니까!」

그리고 그는 황급히 계단을 내려갔다.

녹초가 된 샤를은 얻어맞은 강아지 같은 얼굴로 발메르 부인을 쳐다보았다.

「그런데 내가 당신을 해방시켜 주려고 생각하고 있었다니, 참.」그녀가 서글픈 듯 말했다.

샤를은 당장이라도 울어 버릴 것만 같아서 잠자코 있었다.

「그러니까 당신은 내 곁을 떠날 생각밖에 안 한단 말이죠. 그런데 난 당신이 내게 좋은 감정을 갖고 있다고 믿고 있었다니…….」그녀가 말을 이었다.

샤를은 가슴에 손을 얹고 더듬더듬 말했다.

「전…… 분명히 말씀드려…….」

그러나 그녀는 휙 돌아서더니 엉덩이짓 한 번으로 문을 쾅 닫아 버렸다.

샤를은 어안이 벙벙했다.

잠시 후 파출부가 그에게 아침 식사와 더운물 한 대야를 갖다 주었다. 경멸에 찬 태도로 그녀는 신문지에 싼 물건 하나를 그에게 내밀었다. 십자가였다.

「고맙습니다.」변기를 내주며 그가 중얼거렸다.

고양이는 빠끔 열린 문 뒤, 제가 늘 망을 보는 그 자리에 있었다. 침통한 기색으로 샤를은 빵조각에 버터를 발랐다. 그러고는 일그러지고 고통스럽고 비극적인 표정으로 빵을 먹기 시작했다.

갑자기 그는 고양이가 다가와 있다는 것을 깨달았다. 고양이는 이제 현관 앞 깔개 위, 엘리베이터에서 2미터가 채 안 되는 거리에 앉아 있었다. 샤를의 머릿속에 불현듯 악마 같은 생각이 떠올랐다.

일곱째 날

밤새도록 열띤 흥분 상태에서 그는 자기 계획을 이렇게 저렇게 꾸며 보았다. 모든 세부 사항을 종합해 보고, 있을 수 있는 모든 경우를 예상해 보았다. 그 전날 저녁 식사로는 소시지가 나왔는데, 그는 그것을 조심스럽게 썰어 동그란 조각으로 만든 다음 종이 냅킨에 싸서 보관해 놓았다. 아침나절에는 될 수 있는 대로 신중하게 처신했다. 정오에 그는 뒷계단으로 통하는 문이 찰칵 닫히는 소리를 들었다. 파출부가 퇴근한 것이었다. 한 시간 뒤에 발메르 부인이 샌드위치를 갖다 주었다. 그는 〈바람 좀 통하게〉 댁의 현관문을 조금 열어 놓아 달라고 부탁했다. 그녀는 그러마고 했다.

잠시 후, 샤를은 재봉틀이 돌아가는 소리를 들었다. 그는 넥타이를 풀고 요리조리 매듭지어, 당기면 죄어질 수 있는 올가미를 만든 다음 기다리기 시작했다.

고양이는 오후 1시 19분에 나타났다. 고양이는 몇 분 동안 문 뒤에서 가만히 바깥을 엿보고 있었다. 그러더니 층계참이 평소와 같은 것을 보고는 안심하고 슬그머니 밖으로 나와, 깔개 위에 앉아서 엘리베이터 쪽으로 눈과 귀를 쫑긋 모으고 있었다.

한참 동안 샤를과 고양이는 도기로 만든 개들처럼 꼼짝 않고 서로 쳐다보았다. 그러다가 샤를이 상냥한 목소리로 불렀다.

「야옹아, 야옹아…….」

고양이는 대리석상처럼 가만히 있었다. 이 고양이는 사람들이 〈야옹이〉라고 부르는 그런 종류의 고양이가 아니었다. 그것은 털끝 하나 까딱 않고 교황처럼 근엄하게 지켜보고 있었다.

샤를은 고양이를 안심시키려고 애썼다. 그는 머리를 빗고 이불을 개는 등 일상적인 이들을 시작했다.

반 시간 동안 찬찬히 관찰하고 나더니 고양이는 제 몸을 핥아 씻기 시작했다. 혀로 핥는 동작 하나하나가 깊이 생각하고 하는 것 같았다. 때로는 갑작스러운 의심이나 알 수 없는 걱정에 사로잡혀 고양이는 움직임을 멈추고 가만히 있곤 했다. 그러다가 사방이 조용하고 아무것도 움직이지 않으면 마음이 놓여 차분하고 태연스럽게 다시 몸을 씻기 시작하는 것이었다. 엉덩이 쪽을 열심히 핥고 나서는 꼬리로 넘어갔다. 그다음에는 네 발을 발톱 하나하나 공들여 가며 핥았다.

몸단장을 마친 고양이는 엘리베이터 안에 있는 사람을 바라보더니 늘어지게 하품을 하였다. 그리고 관능적으로 몸을 쫙 펴더니 창살을 마주하고 스핑크스 같은 자세로 도사리고 앉았다.

샤를은 5층을 가리키는 버튼에 걸어 놓은 십자가 앞에서 잠시 묵상을 한 다음 동그랗게 썬 소시지 한 조각을 꺼냈다. 그는 그것을 층계참 가장자리에 놓고 조준을 하려고 한쪽 눈을 감은 채 소시지 조각을 손가락으로 탁 튕겨 고양이 쪽으로 날려 보냈다. 소시지는 고양이 수염에서 10센티미터 떨어진 곳에서 멎었고, 고양이 수염이 바르르 떨렸다. 몇 초 동안 고양이는 방금 제 앞에 착륙한 이 미확인 물체를 불안하게 탐색했다. 그러더니 당장 다급한 위험은 없다고 판단했는지 목을 쭉 빼고 코는 적당한 안전거리에 둔 채 냄새를 맡기 시작했다. 그러더니 마음을 푹 놓고, 버릇이 잘 들어서라기보다는 아마도 조심성이 많아서겠지만, 까다로운 태를 부리며 그 소시지 조각을 먹기 시작했다.

이미 두 번째 소시지 조각이 장전되어 있었다. 재봉

틀 소리가 계속 들렸기 때문에 사격이 가능했다. 이번에도 조준은 거의 오차 없이 정확했다. 소시지 조각은 깔개에서 30센티쯤 거리를 둔 곳, 고양이에게서는 좀 더 멀고 엘리베이터와는 좀 더 가까운 곳에 떨어졌다.

고양이는 눈을 동그랗게 떴지만 털끝 하나 움직이지 않았다. 층계참의 비무장 지대에 아무렇게나 떨어진 소시지 조각을 노려보면서 고양이는 어떻게 할까 난감해하고 있는 것 같았다. 두 귀가 움직이지 않는 것을 보면 이 고양이는 강도 높은 지적 노력을 하고 있는 것이다. 영혼에게 이보다 더 고귀한 것이 무엇이겠는가? 마음이 끌리지만 절대 건드리지는 않을 소시지 조각이 눈앞에 있어도 꾹 참는 법을 배우며 깔개 위에 의연히 앉아 있을 것인가? 아니면 애써 몸을 일으켜 따스한 깔개를 떠나 앞으로 닥칠 온갖 위험을 무릅쓰고 미지의 물체에 덥석 달려들 것인가? 기껏해야 부질없는 쾌락을 위해서?

몇 분이 지났는데 소시지 조각은 없어지지 않았다. 때때로 고양이는 그 고기 조각을 단념하는 것처럼 보였다. 두 눈은 반쯤 감겼고, 두 귀는 쫑긋하니 생기를 띠었다. 그러나 그 운명의 소시지 조각은 아직도 거기 있었고 유혹은 한층 더 예리하게 반복되었다. 그럴 때 고양이의 두 눈은 다시금 욕망의 대상이자 고통의 원인인 그 물체에 붙박였다.

샤를은 돌처럼 굳어 층계참 가장자리에 코를 댄 채 기다리고 있었다.

갑자기 고양이가 굴복했다. 고양이는 일어서서 다가가더니 소시지 조각을 꿀꺽 삼켜 버렸다. 그 소시지가 채 배 속까지 내려가기도 전에 또 한 조각이 고양이 코에서 20센티미터 떨어진 곳, 엘리베이터에 더 가까운 곳에 이미 떨어져 있었다. 이번에는 망설이지 않고 미끼 있는 쪽으로 나아갔다. 샤를은 축축한 손바닥을 바지에 쓱 문질러 닦고 매듭지은 올가미를 움켜쥐었다. 고양이는 이제 엘리베이터에서 1미터밖에 떨어져 있지 않았다. 냉혹한 논리의 함정에 빠진 고양이는 연달아 떨어지는 고기 조각을 보고 운명 쪽으로 걸어가느라고 깔개의 따스함은 잊어버렸지만 그 입맛은 차츰 더 예민해져 가고 있었다. 그러는 사이에도 두려움 때문에 그 기쁨을 온전히 즐길 수 없었다. 고양이는 씹을 여유도 없이 소시지를 꿀꺽 삼켰다.

이제 샤를은 작전이 성공했다는 확신이 들었다. 저 짐승의 등가죽을 움켜잡고, 넥타이로 옭아매기만 하면 되는 것이었다. 이 노획물을 엘리베이터 안으로 끌어

당기고 나면 발메르 부인과 협상할 일만 남는다. 서로 교환 조건으로, 고양이를 풀어 주는 대신 자기가 풀려나는 것이다.

다섯 번째 소시지 조각이 던져졌다. 욕심의 노예가 된 고양이는 게걸스러운 식욕에 끌린 나머지, 위험이 커지고 있는데도 신중히 행동하기를 완전히 포기했다. 이제 그놈은 손만 뻗치면 잡을 수 있는 곳에 있었다. 재봉틀이 드르르 돌아가는 소리는 계속 들려왔다. 샤를은 정신을 집중하여 적의 모양새를 뜯어보았다. 한쪽 귀의 끝부분이 좀 짧을 뿐, 몸집이 좋은 짐승이었다.

샤를은 심호흡을 하고 여섯 번째 소시지 조각을 던졌다. 그리고 고양이가 그것을 먹으려고 몸을 숙이는 순간, 공격했다.

난투극은 짧았고, 조용하면서도 치열했다. 왼손으로 샤를은 고양이 머리 뒤쪽을 움켜쥐고 고양이를 땅바닥에 누르면서 다른 손으로는 넥타이로 옭아매었다. 고양이는 마치 감전된 것처럼 반응했다. 고양이가 발을 무섭게 휘둘러 샤를의 손을 할퀴었기 때문에 그는 꽉 잡았던 손을 놓았다. 그러나 이 종합 기획 전문가는 다른 한 손으로 넥타이를 야무지게 잡고 있었다. 고양이는 몸을 뺐지만, 매듭이 더 죄어졌을 뿐이었다.

「잡았다, 이 털북숭이놈!」

바로 그때 고양이가 번개 같은 반격을 감행했다. 그는 펄쩍 뛰어올랐다. 뾰족한 송곳니 네 개가 샤를의 손에 박혔던 것이다. 발톱으로 할퀴는 건 예상했던 일이라 견딜 수가 있었지만 이렇게 이빨로 무는 것은 전혀 뜻밖의 일인지라, 그는 고함이 터지려는 것을 억누르다가 넥타이를 놓치고 말았다.

「저것이 날 물었잖아.」 그는 피가 흐르는 손을 보며 어이가 없다는 듯이 말했고, 그러는 사이에 고양이는 목에 넥타이를 조인 채 집 안으로 재빨리 들어가 버렸다. 샤를은 몹시 아팠지만 넥타이가 자기 소행을 드러내 주는 증거라는 사실을 깨닫자 고통보다는 두려움이 앞섰다.

재봉틀 소리는 멈추지 않았다. 터무니없는 희망이 샤를을 엄습했다. 고양이가 당한 표시를 내지 않았으면……, 고양이가 혼자 힘으로 넥타이를 푸는 데 성공하고, 주인 여자는 아무것도 몰랐으면……!

그러나 재봉틀 소리가 멈추었다. 샤를은 가슴이 철렁 내려앉았다. 호들갑스러운 소리가 들리더니, 잠시 후 30초 동안 참을 수 없는 침묵이 흘렀다. 그리고 발메르 부인이 넥타이를 손에 들고 나타났다.

샤를은 곤경에 빠졌다.

그가 말했다. 「어, 제 넥타이군요⋯⋯. 고맙습니다⋯⋯. 전⋯⋯ 음⋯⋯ 제가 고양이한테 매어 주었습니다⋯⋯. 그저 웃어 보려고 그런 겁니다⋯⋯.」

「당신 스스로 더 궁지에 빠져들지 마세요. 난 진상을 알고 싶어요⋯⋯. 이건 뭐죠? 소시지 조각⋯⋯. 아! 됐어요! 알겠어요! 치사한 인간 같으니⋯⋯.」 그녀가 이를 악물고 말했다.

「제 얘기 좀 들어 보세요⋯⋯. 맞습니다. 전 고양이를 잡으려고 했어요. 하지만 그냥 잡아서 쓰다듬어 주려고 그런 겁니다⋯⋯. 친구 삼아 보려고요⋯⋯. 괴롭히려고 그런 건 아닙니다⋯⋯.」

「괴롭히려고 그런 게 아니라고요! 하지만 고양이 꼴을 좀 보세요, 가엾은 것! 장롱 밑에 들어가서 눈만 동그랗게 뜨고 있잖아요! 가슴은 쿵쿵 뛰고요! 당신 때문에 쟤가 심장마비 걸릴 뻔했잖아요! 짐승들은 예민해요! 저것은 안심하고 다가갔는데, 당신은, 당신은 저것을 공격했어요! 당신은 비열한 사람이에요! 언제나 죄 없는 상대를 골탕 먹이죠! 순진한 영혼에게 집요하게 달려든단 말이에요! 파출부 아줌마, 집배원, 동물들⋯⋯! 야만인 같으니! 경우도 없는 인간!」

「전…… 그냥 정신이 어수선했던 겁니다…….」

「그렇게 행동하는 걸 보니, 당신 처지가 나아지긴 글렀어요! 폭력은 그 무엇으로도 정당화가 안 돼요!」

「하지만 폭력을 쓴 건 저놈입니다! 저를 물었다고요! 제 손을 좀 보십쇼…….」

「당신이 오죽 난폭하게 굴었으면 물었겠어요! 아! 이 모든 게 당신 탓이에요! 당신은 눈을 게슴츠레 뜨고, 입은 닭 똥구멍처럼 비죽 내밀고 착한 척하고 있지만, 실은 아주 나쁜 사람이에요! 아니, 미안해요. 당신은 나쁜 사람이 아니라 아무짝에도 쓸모없는 사람이에요. 넥타이 맨 맹물. 화살이 날아가는 방향대로 살아가며 흡족해하는 용렬한 인간. 속에 든 거라고는 아무것도 없이 말만 번드르르하게 하는 인간. 난쟁이 순응주의자, 큼지막한 뼈다귀와 편안한 개집밖에 바라는 것도 없는 고분고분한 멍멍이. 다른 개들과 함께 짖어 대고, 신호가 오면 꼬리를 흔들고, 위험이 없으면 물지. 당신 지능은 이익을 계산하는 데만 쓰이고, 말을 했다 하면 그건 혜택을 얻어 내거나 자신의 비겁함을 정당화시키기 위해서지. 자기보다 약한 자는 모두 짓밟고, 자기보다 힘센 자 앞에선 납작 엎드리고. 자기와 비슷한 부류를 바보로 만드는 데 능숙하다 해서 자기가 아주 똑똑한 줄 알고, 나쁜 짓을 할 수 있는 힘이 있으니까 자기가 자유롭다고 생각하지. 보잘것없는 자들의 정신적 비참함을 이용해서 놀랍게 이익을 취할 줄 아니까 자신이 우월하다고 생각하지. 당신의 구린내 나는 심리학 덕분에 당신은 그들의 사리 분별을 흐려 놓지……. 해봐요, 어디 해보라고요, 불쌍한 양들의 등에서 털을 계속 뜯어내 보라고요. 하지만 그들이 항상 당신보다 한 수 위인 무언가를 지니고 있다는 사실을 알아야 해요. 당신이 절대 그들에게서 뺏을 수 없고, 당신이 절대 알 수도 없는 것, 가장 달콤하고 가장 섬세하고 가장 세련된 기쁨, 그건 바로 양심에 거리낌이 없다는 거예요. 잘 자요.」

둘째 주

샤를은 파멸해 가고 있었다. 세상에 믿을 사람은 아무도 없다는 것을 깨달았던 것이다. 이제 이 건물에 사는 사람들은 모두 그가 갇혀 있다는 사실을 알고 있었다. 건물의 경비원 레옹은 발메르 부인에게 크리스마스트리를 갖다 주러 올라왔을 때 알게 되었다. 레옹은 〈기념으로〉 그의 사진을 한 장 찍으며 이렇게 말했다. 「희망이 사람을 살린답니다. 쥐구멍에도 볕 들 날 있다니까요.」 그런 다음 그는 수면제 한 종류를 그에게 권해 주었다.

2층에 사는 늙은 백작 부인은 이 기이한 동물을 구경하러 애써 올라왔다. 그에게 충고하기를, 어두운 생각들을 싹부터 아예 없애 버리려면 움직이지 않고 있을 때는 절대 골똘히 생각하지 말라고 하였다. 자기의 경우 걷는 것이 최상의 방책이더라는 얘기였다. 그녀는 또 그에게 읽을거리를 갖다 주기도 했다. 『성서』, 몽테뉴의 『수상록』, 그리고 『로빈슨 크루소』였다. 「무엇보다도 스스로 무너져선 안 돼요. 진정한 구원은 당신 안에 있다는 것을 잊지 말아요.」 그리고 그녀는 뜨개질하는 법을 가르쳐 주겠다고 제안했다.

3층에 사는 운동선수로 말하자면, 매우 사람 좋고 기운이 넘치는 컴퓨터 전문가였는데, 〈잘 견디라〉고 그를 힘 있게 격려했지만 막상 그를 위해 한 일은 아무것도 없었다.

이 건물에 사는 사람들이 그를 돕겠다는 것은 물에 빠진 사람에게 마실 것을 주겠다는 격이었다. 발메르 부인과의 좋은 관계를 망친다는 것은 그들 입장에서는 말도 안 되는 일이었다.

일주일을 갇혀 있다 보니 샤를은 꼭 오고야 말 구조의 손길을 참을성 있게, 그리고 명랑하게 기다리는, 긴장하지 않는 능동적 인간인 척할 힘이 없어졌다. 차츰차츰 엘리베이터는 그를 압박해 왔다. 그리고 겉모양새를 연출하는 일을 경력으로 쌓아 온 그는, 시간을 벌기 위해 사람들을 얼굴 모습으로 판단하기를 한 번도 망설여 본 적 없는 그는, 이제 바로 그 겉모양새의 피해자가 되어 있었다. 사람들은 그의 눈에서 절망을 보았

111

기에 그를 홀대했다. 그것은 예전에 사람들이 그의 의
기양양한 미소에서 성공을 읽을 수 있었기에 그를 존
경했던 것과 마찬가지였다.

가장 나쁜 것은, 그가 갇혀 있으면 갇혀 있을수록 빠
져나갈 가능성은 점점 적어진다는 사실이었다. 사람들
은 그에게 익숙해져 갔다. 사람들은 이제 이곳에 갇혀
있는 모습 말고 다른 모습으로는 그를 상상하지 못했
다. 그의 턱수염, 창백한 안색, 쑥 들어간 뺨, 눈 밑에 푹
꺼진 자국, 덫에 걸린 짐승 같은 그 시선은 차츰차츰 사
람들로 하여금 그를 원래 이런 운명에 처할 만한 인간
으로 보게끔 만들었다. 엉망이 된 몰골과 낙담한 표정
과 뒹굴고 있는 게으른 모습을 보고 사람들은 저런 인
간은 불운을 당해도 싸다고 혼잣말을 했다. 마치 그의
자리는 언제나, 그리고 영원히 이 엘리베이터 안인 것
같았다. 사람들은 그가 거기서 태어났다는 인상마저
받게 되었다.

발메르 부인은 아침 저녁 인사 말고는 더 이상 그에
게 말을 건네지 않았다. 그녀가 그의 면전에다 대고 냅
다 악담을 퍼부은 다음부터 그는 이제 어떤 움직임을
보일 쪽은 그녀라고 생각했다. 만일 어떤 희망이나 위
안을 애걸하며 스스로 비굴하게 군다면 그는 끝장인

것이었다.

그리하여 그는 기다렸다. 마치 사형수처럼 기다렸다. 그는 수많은 시간을 내내 탈진한 상태로 있었다. 그의 의지는 망가졌다. 사람은 혼자 힘으로 스스로에게 한없이 기운을 북돋울 수는 없는 법이다. 더러운 위안, 즉 혐오가 남아 있는 유일한 쾌락이 되는 순간이 오고야 마는 것이다.

물론 실제로 존재하는 적에 대해서라면 샤를은 맞서 무기를 들고 싸울 용기를 아직도 낼 수 있었을 것이다. 그러나 타인들의 무관심, 점점 그를 에워싸 마비시키고 질식시키는 끈끈이풀 같은 그것에 어떻게 대항해 싸울 것인가? 그를 야금야금 먹어 들어가 무(無)로 만들어 버리려고 일치단결한 듯한 그 모든 이들과 어떻게 맞서 싸운단 말인가? 말로 싸운다고? 하지만 바닥보다 더 낮은 위치에 있으면서 말이 무슨 소용 있겠는가?

이제 샤를은 현관 앞 깔개의 1제곱센티미터마다에 어떤 특징이 있는지 외울 수 있게 되었다. 이따금 그는 건들거리며 자기보다 자유롭게 층계참을 지나가는 바퀴벌레를 보곤 했다. 낮이면 잠들어 운명을 잊을 수 있는 밤을 기다렸다. 밤이면 악몽에서 벗어날 수 있게 낮을 기다렸다. 어떤 순간에는 개미나 풀잎, 또는 돌멩이, 아니 그보다 아예 아무것도 아닌 것이 될 수 있다면 세상의 어떤 귀중한 것이라도 내놓을 것 같다는 심정이 되었다.

〈아무것도 아닌 것이 되는 것, 그건 얼마나 행복한 일일까!〉 한번은 이렇게 생각했다. 〈무한을 호주머니에 넣고 성운(星雲)들 사이를 어슬렁어슬렁 다니는 것……. 은하수들 사이에 그물 침대를 매놓고…… 태양들을 발치에 두고, 두 눈 가득 영원을 담고……. 오 허무여, 경이로움 중에 경이로움이여! 우주의 보배여! 아니, 나는 죽지 않으리라. 나는 태어나기 전의 상태로 다시 돌아가리라! 죽은 것도 산 것도 아닌, 그러나 셀 수 없는 무(無), 평화로운 부재, 복된 공허…….〉

불현듯 허무 때문에 마음이 격앙된 샤를은 신입 회원 같은 열의와 정열에 사로잡혀, 지금 당장 넥타이로 목을 매자고 마음먹었다. 그러나 사실 급할 것은 전혀 없지, 하고 그는 혼잣말을 하였다. 영원무궁토록 허무는 그의 몫이다. 세상없어도, 그 무엇도 그에게서 허무를 앗아 갈 수는 없으리라. 그러자 그는 쭈그리고 아래층을 향해 울부짖기 시작했다. 「죽음, 난 그것으로 내 배꼽을 틀어막는다! 난 적어도 당신들보다 이것 한 가지는 더 갖고 있어, 이 바보 병신들아! 허무 만세! 밤 만세! 망각 만세……!」

몇 분 뒤, 그는 다시 무기력한 모습으로 돌아갔다.

한번은, 파출부가 층계참을 청소하러 왔다가 그를 명한 상태에서 깨어나게 했다. 고양이는 파출부가 보호해 주는 틈을 타 엘리베이터까지 재빨리 접근해 왔다가 쏜살같이 돌아가 버렸다. 샤를은 일어서서 코를 층계참 가에 대고 복도 닦는 걸레가 왔다 갔다 하는 모양을 바라보았다(고독과 권태는 그에게 아주 사소한 것도 놓치지 말라고 가르쳐 주었다). 파출부는 노랗고 빨간 새들이 그려진 파란 숄을 두르고 있었다. 새들……! 세상은 새들로 가득한데 그는 한 번도 그 사실을 눈여겨보지 못했던 거다! 이런 바보가 있나! 새들이 이렇게 많은데 광고 카피를 지어내느라 그 많은 시간을 허비했다니! 깃털이 달린, 살아 있는 새들! 지저귀는……! 그래서 그는 파출부에게 말했다.

「새들은 아주 중요합니다. 새들이 가버리지 않게 참조심해야 되죠. 가버리고 나면 다시는 돌아오지 않으니까요. 사람들이 새들을 못살게 굴지 못하도록 정부가 조치를 취했다고 생각하세요? 새들은 시끄러운 소리를 틀림없이 싫어할 거예요……. 새들이 지저귀려면 조용해야 해요, 아시겠어요? 그리고 나무가, 나무들이 많이 있어야 하고요! 안 그러면 새들이 가버릴 염려가 있지요……. 네, 나무들, 침묵, 강물……. 이런 건 그리 비싸지도 않을 거예요……. 그리고 새들에게 좋고요. 사람한테도 나쁠 리 없지요.」

파출부는 빗자루를 손에 든 채 걱정스레 그를 바라보았다.

「아저씨는 오래 공중에 떠 있었으니 머리를 조심해서 살펴봐야겠네유. 발이 땅에 닿아 있지 않으면 뇌가 맘대로 움직이거든유…….」

「제가 횡설수설한다고 생각하세요, 네? 아니 이해하려고 좀 해보세요. 새들은 생각 따윈 안 해요. 노래만 하죠. 게다가 날아다니고요! 우리가 만약 새들처럼 살았다면 지금 이런 꼴이 아닐 겁니다! 우리는 창조의 찌꺼기들입니다! 하느님은 이 세상을 짐승들을 위해 만드셨어요!」

「네, 알것시유. 하지만 아저씨는 머리를 죄매 쉬셔야겠네유. 이 생각 저 생각 하면 마음이 곯는다니께유.」

그리고 그녀는 곁눈질로 샤를을 흘끔흘끔 보면서 다시 바닥을 문질러 닦기 시작했다. 그러면서 이제 걸레를 뚫어져라 보고 있는 그의 들뜬 시선을 걱정스러워했다.

빗자루의 왕복 운동은 효율성과 엄격성의 본보기였다. 파출부는 거의 준엄하다고 할 만큼 꾸밈이나 헛된 기교라고는 모조리 배제된 고전주의 스타일을 지니고 있었다. 빗자루를 통해 전달된 영적인 입김에서 힘을 얻은 듯, 걸레는 확실하게 목표를 향해 전진했고, 그렇다고 또 대가(大家)다운 즉흥이 배제된 것은 절대 아니었다. 구석구석이 세심하게 닦였지만 작업의 도약을 방해할 수도 있는 섣부른 완벽주의 같은 것은 없었다. 걸레의 예술에서는 과감함이 명징함과, 확신이 경쾌함과, 심오함이 천진난만함과 조화를 이룰 수도 있다는 것을 이 파출부는 분명히 보여 주고 있었다.

샤를은 열광해서 소리쳤다. 「멋집니다! 완벽한 기술을 통해 표현되는 자연스러움의 총체로군요! 그야말로 진정한 춤입니다!」

「아저씨, 아스피린 한 알 드릴까유?」

샤를의 전략은 점점 빠르게 진행되었다. 그는 감상적이 되었다. 아무것도 아닌 일에 마음이 애틋해졌다. 지하철 표 한 장을 보고도 잃어버린 자유를 그리워하며 펑펑 울었다. 그런 다음에는 숫자에 대한 광기에 사로잡혔다. 휴대용 계산기를 가지고 그는 모든 것을 계산해 보았다. 바닥에 떨어진 빵 부스러기, 뭉쳐 다니는 먼지, 지나가는 바퀴벌레들……. 그는 몇 시간 동안 미친 듯이 덧셈, 뺄셈, 곱셈을 했다. 마치 숫자들이 끝나는 곳에 자유가 있기라도 한 것처럼. 그와 동시에 그는 미신에 빠져들기 시작했다. 그는 물신(物神)으로 숭배할 물건들을 찾아내었고, 잠자기 전에 복잡한 의식에 몰두했고, 머리카락 한 올을 눈먼 우연의 신에게 바치거나, 엘리베이터 사용 수칙에 숨겨진 의미를 발견하기를 바라면서 그것을 중얼중얼 외는 등 혼자서 이런저런 의식들을 행했다. 그는 형이상학과 상궤를 벗어난 현상들에 열렬히 심취했다. 심지어는 지금의 우주와 평행을 이루는 다른 우주로 몸을 던져 엘리베이터에서 탈출하자는 생각까지 했다. 그러나 결국 그의 이성이 우위를 되찾았다. 이 우리에서 벗어날 단 하나의 방법은 사태를 직시하는 것이었다. 약해진 그의 정신 속에 아름다운 독나방처럼 슬며시 스며들고 있는 거짓 희망을 마음속에서 추방해야 하는 것이었다. 그렇다, 번쩍이는 헬멧을 쓴 구조대원이 갑자기 나타나 그를 구해 줄 리 없으며, 이 집에 사는 사람들 중 어느 누구도 그를 구출하기 위해 손톱만 한 위험이라도 무릅쓸 이는 없을 것이고, 엘리베이터는 절대로, 절대로 지치지 않고 가만히 서 있을 것이다……. 이런 생각이 들자 그는 열에 들뜬 듯이 자기 업무 수첩에다 기발한 탈출 계획을 긁적이기 시작했다. 그러나 그 계획들은 몇 시간 뒤면 허황되거나 현실성 없음이 드러나고 마는 것이었다.

샤를이 경비원 레옹을 본 것이 12월 13일 토요일이었다. 다음 날 정오쯤에 경비원이 낯빛이 불그스레한 뚱뚱보 아내와 열두 살짜리 금발 사내아이 — 이들 부부가 일요일마다 돌봐 주는 조카 — 를 데리고 다시 나타났다.

「얘가 보고 싶어 했답니다……」 올라오느라 헐떡이며 경비원이 말했다. 「순진무구한 애들한테는, 호기심이 나쁜 게 아니죠……. 보세요, 드시라고 과자도 가져왔어요. 여기 있는 우리 집사람 알베르틴이 만든 거랍니다.」

「반갑습니다.」 샤를이 차갑게 말했다.

「저도 반가워요. 네, 제 조카 두두에게 주려고 과자를 만들면서, 이렇게 혼잣말을 했죠. 그래, 저 엘리베이터에 있는 남자분께도 한 쪽 올려다 드리면 어떨까? 그러면 우리도 심심풀이가 되고, 저분도 재미있을 거야…….

특히 두두가 보고 싶어 했으니까요. 쟤 나이엔 호기심이 많은 법이죠. 보세요, 저 애는 희생당하는 사람들을 보고 이젠 놀라지도 않아요. 텔레비전에 나오는 죽은 사람들이 얼마나 많게요. 하지만 엘리베이터에 갇힌 사람은 한 번도 본 적이 없죠. 그렇지, 두두? 엘리베이터 탈 땐 언제나 아주 조심해야 한다는 것 알겠지? 엘리베이터가 언제 출발하는지는 알 수 있지만 목적지에 언제 닿을지는 모르는 법이거든. 안 그래요, 아저씨?」

「사실입니다. 저는 극적인 체험을 하고 있지요…….」 분노를 억누르느라 떨리는 음성으로 샤를이 대답했다.

조카가 물었다. 「이모, 〈극적인 체험〉이 뭐예요?」

「그건 사람이 곤경에 빠져 목까지 잠겨 있는 경우를 말하는 거란다, 얘야. 글짓기 할 때 쓰게 그 말을 잘 외워 두렴. 봐라, 이 아저씨는 열흘째 저기 틀어박혀 계시지. 그런데도 계속 예의 바르게 말씀하고 계시잖니.」

자기 심장을 아직도 뛰게 하고 견딜 힘을 주는 것은 오직 증오뿐임을 샤를은 느꼈다. 그는 이 상스러운 자들의 도움을 얻어 내는 데 2분만 쓰자고 스스로 다짐했다. 그다음엔, 정말이지 아무 말이나 거침없이 해버릴 터였다.

그는 정확히 말했다. 「전, 제가 쓰는 어휘가 현재의

제 마음 상태를 제대로 표현하지 못할까 두렵군요. 솔
직히 말해서, 저는 마음속 깊이 진저리가 납니다.」

「이모, 〈마음속 깊이 진저리가 나는〉게 뭐예요?」

「그건 지긋지긋하다는 뜻이란다, 얘야.」

「저는 너무나 나가고 싶습니다.」 샤를이 애원했다.

「아! 불가능한 일을 할 의무는 아무에게도 없죠.」레
옹이 받았다.

「어제 저는 자살할 뻔했습니다⋯⋯. 넥타이로 목을
매서요⋯⋯.」

레옹은 검지를 들어 보였다.

「잠잘 곳과 입을 것이 있는데도 죽고 싶어 한다면 미
친 사람이죠.」

「레옹, 연설 그만 하고 과자나 좀 드려요.」알베르틴
이 불렀다.

그러나 레옹은 계속했다.

「서로서로 도와야 한다는 건 나도 잘 압니다. 다만 우
리는, 하고 싶지 않아서가 아니라 할 수가 없으니까 못
하는 겁니다. 그러니까 우릴 원망하시면 안 되죠⋯⋯.」

「아니 저분은 우릴 원망하지 않아요. 그렇죠?」알베
르틴이 말했다.

「전혀 원망 안 합니다.」샤를이 대답했다.「두 분의

태도는 어쩔 수 없는 겁니다. 저는 그걸 아주 잘 이해합니다. 그렇지만, 만일 두 분이 제게 뭔가 도움을 준다는데 동의하신다면, 제가 두 분께 그 은혜를 후히 갚으리라는 사실을 꼭 알아 두시기 바랍니다. 사실 저는 어느 정도 물질적 여유가 있습니다⋯⋯.」

「아, 아! 저 말 들었수, 레옹? 물질적인 여유가 있대요! 열흘째 사방 1미터 넓이에서 살면서 물질적 여유가 있대요!」

그러자 샤를은 화가 벌컥 치밀었다.

「당신들이 누군지 당신들은 아시오?」

「내가 누구냐고요? 난 경비원 안사람이죠, 아닌가요?」 경비원의 아내가 걱정스러운 어조로 말했다.

「그뿐만이 아니오. 당신은 살찐 암소요.」

조카가 까르르 웃음을 터뜨렸다. 경비원의 아내는 이런 종류의 여자가 그럴 수 있으리라고는 전혀 짐작도 못 할 빠른 속도로 휙 돌아서서 번개같이 조카의 따귀를 올려붙였다.

「이모를 비웃으면 어떻게 되는지 알게 해주마!」 그녀는 침을 튀겨 가며 소리쳤다.

그러더니 샤를 쪽으로 몸을 굽혀 고래고래 소리를 질러 댔다.

「이런, 당하고만 살아온 종자야! 엘리베이터 속에서 남는 시간이 많으면, 이 기회에 예의나 좀 배워! 우선 싹싹하게 굴어 봐, 그럼 어쩌면 나가게 해줄지도 모르잖아! 난 인도차이나에서 식당 일도 해봤는데, 프랑스의 영광을 위해 포탄이 비 오듯 쏟아지는 속에서도 스튜를 만들었다고. 바닥 깔개에 납작 엎드린 인간한테 욕이나 먹으려고 내가 그런 일을 한 줄 알아!」

「살찐 암소, 난 당신한테 욕하는 게 아니라 당신을 정의한 거요. 갇힌 내 앞에 소풍 와서는 내가 사교적인 말을 하기 바란단 말이오? 내가 죽어 가는 게 안 보인단 말요?」

레옹이 끼어들었다. 「자, 자, 사태를 비관적으로 봐서는 안 되죠. 언젠가는 이 모든 일을 웃으며 얘기할 날이 있을 거요.」

샤를이 울부짖었다. 「그래요, 내가 죽으면요! 더 이상 못 참겠어요! 더는 못 참아요! 난 갈 데까지 갔다고요!」

이때 발메르 부인이 문을 열었다.

「아니 이게 대체 무슨 일이죠?」

「죄송합니다, 부인. 저희는 이분에게 과자 한 쪽 갖다 드리러 올라온 것뿐입죠……」 레옹이 대답했다.

「좋아요. 자, 그럼 이젠 저 사람을 내버려 둬야 해요.

저 사람은 쉬어야 돼요. 아무것도 안 하는 것, 그거 피곤한 일이죠.」

「예, 옳으신 말씀입니다, 부인. 저흰 내려가겠습니다. 저희 개가 기다릴 겁니다. 개가 혼자 있거든요.」

그 주(週)의 나머지 날들은 샤를에게는 정상적으로 흘러갔다. 절망, 불안, 불면, 그리고 텔레비전, 이런 것이 정상적인 일들이라면 말이다. 아침이면 파출부가 먹을 것을 주었고, 길에서 일어난 일들을 전해 주었다. 「저 아래 길모퉁이에선 어떤 노친네가 트럭에 치였대유……. 어제는 지긋지긋하게 차가 막혔대유! 남자분 둘이 운전을 잘못해서 면상이 깨졌대쥬…….」 샤를은 이런 바깥소식들을 자세한 것까지 들려 달라고 청하여 게걸스럽게 들었다. 고양이는 파출부가 왔다 갔다 하는 틈을 타 엘리베이터까지 재빨리 와서 정찰을 하였고 바닥에 등을 대고 뒹굴면서 그를 자극하였다.

아침나절이면 샤를은 비교적 낙관적이었다. 즉 목매달아 죽고 싶은 생각도 적당한 선까지만 했다는 말이다. 모든 일에는 끝이 있는 법이니 참을성만 있으면 된다고 그는 거듭 혼잣말을 했다. 심지어는 철창 속에 갇힌 삶에도 좋은 점이 있다고 확신하기까지 했다. 이제는 전화 때문에 성가시지도 않고, 겉만 번지르르한 바보들이 쫓아다니지도 않고, 약속 시간에 맞춰 뛰어야 할 일도 없고, 쓸데없으면서도 급박한 서류 나부랭이에 내내 매이지도 않으니 말이다. 잘 생각해 보면 그는 예전보다 자유로웠다. 난생처음 그는 남는 시간을 가진 것이다. 자기만의 시간을.

그는 속도가 사람을 노예로 만든다는 사실을 깨달았다. 삶의 모든 소중한 일들은 시간을 필요로 한다. 사랑, 우정, 숙고, 독서, 호기심, 맛있는 요리……. 서두를수록 정신은 납작해지고, 가슴은 졸아들고, 영혼은 위축된다. 우리는 더 이상 사랑할 시간이 없고, 그 누구도 더 이상 우리를 사랑할 시간이 없다. 시계 숫자판의 고독한 노예가 되어 우리는 음악에 맞추어 무를 향해 달려가는 것이다.

정오쯤 지적(知的)인 흥분인 과도하게 밀어닥쳐 오면 그는 기분이 좋아졌다. 그는 자기의 운명에 매혹되어 제자리에서 팔짝팔짝 뛰기 시작했다. 거센 의지가 그의 근육을 부풀렸고, 광란하는 군중의 갈채를 받는 자기 모습이 보였다. 그러자 그는, 어떤 일이 닥치더라도 자기는 강하다고 다짐했다. 본보기가 될 만한 강인함, 모든 것에 대하여, 모든 것에 대항하여 살아남겠다는 굴하지 않는 결의에 자극받아 조만간 입주자 중 누군가는 그에게 도움의 손길을 내밀 것이다. 그의 용기를 언제까지나 나 몰라라 할 사람은 아무도 없을 테니 말이었다.

그러나 생각이 멀리까지 나아가도 소용이 없었다. 생각은 그저 혼자서만 뻗어 나갈 뿐이었다. 그의 생각이 뻗어 올라가 높디높은 곳에까지 닿아도 소용이 없었다. 정작 엘리베이터는 머리카락의 반의반만큼도 까딱을 않는 것이었다. 그리고 그는, 창살 안에 갇혀 있다면 설령 아인슈타인이라 할지라도 인간쓰레기로 변해버리고 말 거라는 사실을 깨달았다.

그리고 나면 샤를은 추락하기 시작했다. 아침에 사기가 높이 올라갔을수록 오후엔 그 사기가 더욱 형편없이 떨어졌다. 불안감이 밀물처럼 규칙적으로 그의 마음속에 차올랐다. 우주적인 공포가 그를 장악했다. 아침에는 그의 벗이었던 시간이 차츰 악랄해졌다. 그건 종국에는 죽음이 도사리고 있는 사막이었다. 오후 5시쯤 되면 샤를은 한구석에 무너지듯 주저앉아, 내다버리기 꼭 알맞은 몰골로 너무나도 망연자실한 나머지 울지도 못할 형국이 되었다. 누더기 같았다. 그가 목을 매지 않는 것은 넥타이가 튼튼한지 그것조차 이제는 믿을 수가 없기 때문이었다.

저녁 때 발메르 부인이 그에게 아무 말 없이 저녁을 갖다 주었다. 외교적인 관계를 재개하는 데 주도권을 행사한 것은 그였다. 그는 그녀에게 어느 날인가 그녀의 머리 모양이 예쁘다고 말했고, 그녀는 그 찬사에 마음이 움직이는 것 같았다. 다음 날 비잔틴 미술에 대한 강의를 듣고 돌아오면서 그녀는 네덜란드산 잎담배 한 봉지와 파이프를 선물했다. 그는 이것이 좋은 징조라고 생각하고 기회만 왔다 하면 청혼하리라 결심했다.

그는 그녀가 자기를 사랑한다고 아직도 확신하고 있었다. 사람은 아무런 관심도 가지지 않는 상대를 썩은 생선처럼 취급하지는 않는 법이다. 그녀가 그를 악착같이 파괴하려 한다는 것은 오히려 숨겨진 그녀의 정열을 드러내는 증거였다.

문제는, 그의 청혼을 믿을 만한 것으로 만드는 일이었다. 그는 염소젖으로 만든 샤비뇰 치즈 광고를 위해 자기가 만들어 낸 문구를 기억해 냈다. 〈자연스러움에 승부를 거십시오!〉 이것이었다. 그래! 자연스러움이라는 카드를 활용해야 한다! 단순함! 단순하다는 것, 그건 별로 복잡하지 않을 것이다!

그는 거울을 보며 자연스러운 태도를 취하려고 애써

보았다. 그러다 30분 뒤에는 낙담이 되어 그만두고 말았다. 자연스러우면 자연스러울수록 그는 난파선의 잔해 같은 몰골이 되었다. 그는 한숨지으며 우체국 달력이 걸린 쪽으로 돌아섰다. 끝없는 초원이 펼쳐지고, 평화로운 전나무가 있고 맑은 물이 흐르는 계곡과 눈 덮인 봉우리가 있는 산을 그는 오래오래 바라보았다. 해마다 겨울이면 그는 샤모니⁹에 갔지만 산의 아름다움에는 조금도 주의를 기울인 적이 없었다. 이제까지 그는 스키를 잘 고정시키고 좀 더 빨리 내려오기 위해서만 두 눈을 사용했던 것이다.

9 프랑스 동남부 산악 지대의 이름난 겨울 휴양지.

열다섯째 날

「이제 세 번째 주가 시작되는군요.」발메르 부인이 저
녁을 가져오자 그가 무덤덤한 투로 그녀에게 말했다.

「3주라고요, 벌써! 시간 참 빨리도 가는군요······! 좋
아요, 기념으로 한잔해야죠. 맘 푹 놓고 잡수세요. 술
한 병 갖고 금방 올게요.」

샤를은 채 썬 당근을 부랴부랴 먹어 치우고, 머리에
빗질을 했다. 그러나 참담한 기분에 빠질까 봐 거울에
자기 모습을 비춰 보지는 않았다.

그는 이제 인간으로서 할 수 있는 저항은 다 했다고
생각했다. 오늘은 청혼을 하리라.

발메르 부인은 샴페인 한 병과 술잔들을 가지고 돌
아왔다.

「제가 병을 따겠습니다.」그가 제안했다.

그녀는 술병을 그에게 주었다. 마치 수류탄의 뇌관

을 뽑듯이 냉정한 용기를 드러내며 그는 병마개를 퐁 하고 땄다. 그는 잔들을 채우고 자기 잔을 들며 엄숙히 선언했다.

「우리를 만나게 해준 이 엘리베이터의 건강을 기원하며 이 잔을 듭니다. 얼른 엘리베이터가 원상회복되어, 멎어 있는 이 상태가 돌이킬 수 없는 불상사를 초래하지 않게 되기를 빕니다.」

그녀도 맞받아 잔을 들고 역시 격식을 갖춰 말했다.

「당신이 이 엘리베이터에 애착을 느끼고 있다는 사실을 확인하게 되어 기쁘군요. 당신이 원하는 만큼 이 안에 오래 머물러 있도록 내가 불가능한 일까지도 다 하리라는 것을 믿어 주세요.」

그들은 아무 말 없이 서로를 흘긋흘긋 바라보며 술을 마셨다. 이 대면은 이제 적이 부자연스러운 국면에 들어섰지만 샤를은 잘됐다고 내심 쾌재를 불렀다. 그러면 그의 청혼의 진지함이 더 부각될 테니까. 노란 수선화빛 드레스 안으로 보이는 편안한 그녀의 엉덩이를 그는 눈으로 훑었다. 그녀의 몸은 차분한 느낌을 발산하고 있었다. 그것은 유달리 쾌락에 달떠 있음을 시사하는 관능적인 차분함이었다.

먼저 샤를이 침묵을 깨뜨렸다.

「아시겠지만, 저는 전에 하신 말씀에 대해 원망하는 마음이 전혀 없습니다. 이 엘리베이터 안에서 제가 보인 태도가 항상 칭찬받을 만한 것은 아니었음을 저도 인정합니다. 제 상황을 너무 성급하게 받아들여서, 도망치고 싶다는 제 욕구의 깊은 동기에 대해선 곰곰이 생각해 보지도 않고 이 엘리베이터에서 빠져나가려고 했습니다. 요 며칠 동안 저는 이 문제에 대해 깊이 생각하느라 제 여가 시간의 대부분을 소모했습니다. 그 결과 평상시의 제 삶을 다시 시작하고 싶다는 마음은 나가고자 하는 시도의 본질적 동인(動因)이 전혀 아니라는 결론에 도달했습니다. 사실, 제 삶은 저에게 전혀 매력이 없습니다. 물론 제 경제 사정에 대해서는 불평할 바가 없고, 하늘이 도우셨는지 저는 건강도 썩 좋습니다. 그렇지만 제 인생에는 커다란 빈 자리가 있다는 것을 당신께 숨기지 않겠습니다. 그 빈 자리가 얼마나 큰지, 운명이 저를 이 엘리베이터 안으로 급히 몰아넣기 전에는 미처 헤아려 보지도 않았습니다. 이 빈 자리는 가슴의 빈 자리입니다. 왜냐하면 제가 살아오는 동안 그 세월을 환히 밝혀 줄 여성의 존재가 하나도 없었기 때문입니다. 천성이 명랑하고 낙천적이고 일하기 좋아하고, 아이들과 동물을 좋아하고, 직업 면에서는 대단한 야심을 품고 있으며, 그러면서도 소박한 기쁨을 사랑하는 저는 한 여자의 행복을 보장할 만한 모든 자질을 갖추고 있다고 단언할 수 있습니다. 아! 그러나 슬프게도 하늘의 섭리는 하느님 앞에서 그리고 사람들 앞에서 저의 배필이 될 수 있는 여인을 인생행로에 마련해 주지 않았습니다. 오늘 제 마음속에 빛이 밝혀졌습니다. 제가 이 엘리베이터에서 이렇게 애타게 벗어나려 하는 것은, 무미건조한 독신 생활을 다시 해나가기 위해서가 아니라, 한 여인과, 제가 여기 있게 된 다음부터 끊임없이 생각해 온 그 여인과 합쳐지기 위해서임이 분명합니다. 그 여인은 당신입니다. 그렇습니다, 당신입니다. 오! 저는 말을 그럴듯하게 잘하는 위인이 못 됩니다. 저는 번듯한 말을 할 줄 모릅니다. 당신께 제 마음을 드리면서 단 한 가지만은 말할 수 있습니다. 저는 당신을 사랑하고, 당신과 결혼하고 싶습니다…….」

「결혼한다고요, 나하고? 어디 아픈 거예요, 뭐예요? 당신 머리 꼭대기에 엘리베이터가 올라앉았나요?」

「안심하십시오. 저의 청혼은 더할 나위 없이 진지한 것입니다. 당신 없이는 견딜 수 없다는 걸 전 알았습니다.」

「당신 같은 괴짜를 내가 어떻게 했으면 좋겠어요? 당신은 뭘 상상하는 거예요? 내가 매력적인 왕자를 기

132

다린다고 생각하는 건가요?」

「전…… 저는 이해할 수가 없군요……. 저한테 마음이
없으시다면, 왜 절 여기 놔두는 겁니까?」

「놔두지 못할 건 또 뭐예요? 자유의 몸이 되면 당신
은 아무짝에도 쓸모가 없어요. 당신이 여기 있으면 이
건물에 약간의 파격과 활기가 생겨나요. 당신은 지나
다니는 사람들을 재미있게 해주니, 결국 무엇엔가 쓸
모가 있는 셈이죠.」

엘리베이터 외곽 틀을 움켜잡고 샤를이 울부짖었다.
「당신 참 치사하군요! 난 당신을 증오해요! 증오한다
고요! 당신 모습을 좀 봐요, 제기랄! 그 부르주아적인
모습, 당신의 보석과 향수 뒤에 뭐가 있는지 알아요?
후끈 달아오른 암캐! 당신은 남자를 기다리고 있고, 두
다리를 벌릴 일만 꿈꾸고 있어요! 머릿속엔 당신 엉덩
이밖에 없지요! 당신의 살덩어리를 가장 돋보이게 해줄
드레스를 찾아내느라 쇼핑하는 데 시간을 보내고, 자
신을 공중에 붕 띄울 생각이나 하면서 강의니 전시회니
뛰어다니고, 그다음에는 나한테 와서 훈계를 하다니!
내 삶의 방식이 당신과 맞지 않는다고 해서 나를 박해
할 권리가 있다고 생각하다니! 그래, 나는 허풍쟁이이
고, 바람을 팔아먹고, 달콤한 말로 대중을 속이고, 사람

들에게 분말 수프를 먹으면 더 보람 있게 살 수 있다거나 냉동 닭을 사면 덜 외로울 거라고 믿게 만들고…….
하지만 당신, 당신이 하는 짓거리는 그보다 좀 나은 것 같소? 당신은 그 알량한 권력을 최대한으로 이용해 이 건물에 독재자로 군림하고 있어. 돈푼깨나 있지만, 당신은 사는 게 지긋지긋해 죽겠지. 그래서 힘겨루기 기계를 스스로에게 선물한 거야! 엘리베이터에 갇힌 죄 없는 한 남자, 그 때문에 당신은 흥분되지, 응? 당신의 삶에 좀 자극이 된단 말이야! 당신이 누리는 유일한 쾌락은 남들의 불행이야! 당신은 간악한 살무사야! 당신이 카사블랑카의 가장 더러운 유곽에서 끝장을 보기를 빌겠소!」

그는 숨을 헐떡거렸다. 발메르 부인은 여전히 냉정하게 가만히 있었다. 그녀는 담배 한 대를 붙여 물더니 후 하고 연기를 내뿜으며 말했다.

「속생각을 털어놓으니 기분이 좋죠, 안 그래요……? 샴페인 좀 더 드실래요?」

그는 머리를 끄덕여 그러겠다는 표시를 했다.

그녀는 병을 집어 창살 너머로 그에게 술을 따라 주었다.

「당신이 여기 있게 된 뒤로, 나에게 솔직한 반응을

보인 것은 이번이 처음이에요. 당신, 발전하고 있군요.」
그녀는 이렇게 덧붙였다.

샤를은 단숨에 잔을 비웠다.

「나를 나가게 해주신다면, 원하시는 만큼 당신을 모욕해 드리겠습니다.」 그가 숨을 내쉬며 말했다.

「그것참 고맙네요.」

이렇게 그녀는 샴페인을 마시면서 암캐 취급받기를 즐기고 있는 것이었다. 그는 진작 이 생각을 했어야 했다.

「저 말입니다. 간간이 조금 상스러운 말 같은 게 섞이지 않는다면, 인생은 소금 빠진 음식처럼 심심할 겁니다…….」 그가 말했다.

「그래요……. 참, 내가 크리스마스 전날 밤샘 파티를 여는데, 당신도 그 자리에 함께해 주었으면 좋겠군요.」

「제가요?」

「그래요, 당신요! 교황님 말고요!」

「하지만, 음…… 저는 엘리베이터 안에 남아 있어야 하잖습니까?」

「난 내 손님들을 엘리베이터 안에 내버려 두진 않아요. 뭐든 잘 고치는 친구가 하나 있어요. 그가 당신을 꺼내 줄 거예요.」

「절 꺼내 준다고요? 저를요?」

「그럼요, 당신을요!」

오 기쁨, 기쁨, 기쁨, 기쁨의 눈물! 나간다! 나간다니……! 그가 처음 떠올린 자유의 이미지는, 나무에다 대고 오줌을 누는 모습이었다. 그는 입을 헤 벌리고, 깔개를 뚫어지게 쳐다보고 있었다.

「왜 그래요? 꼭 오리알을 품었던 암탉같이.」

「아닙니다. 전…… 전 나가게 돼서 기쁩니다.」

「에이! 아마 언젠가는 이 엘리베이터가 그리워질걸요. 운명이 우리에게 무얼 마련해 놓고 있는지는 아무도 모르니까요. 아니, 안다면 또 지나치게 알고 있거나요. 샴페인 드시겠어요?」

셋째 주

샤를은 자기가 자유와 격리되었던 시간을 빈틈없이 헤아려 보고, 그다음에는 분을 세고, 초를 세어 보았다. 그는 이제 진득하니 한자리에 있지를 못하고 사방으로 빙빙 돌아다니고, 창살에 매달리고, 동물원 침팬지처럼 물구나무를 섰다. 조바심이 그를 갉아먹고, 희망이 그를 고문했다. 이건 아예 낙심하느니만도 못했다. 그리고 여기서 해방된 다음에는 무얼 할 것인가? 이제 일도 싫었다. 전자레인지, 잔디 깎는 기계, 라비올리[10] 통조림, 강아지용 샴푸, 이런 물건들의 광고 문안을 지어내는 일, 그건 참 가소로운 일이었다……. 그는 산을 꿈꾸었다……. 아! 아침 일찍 일어나, 여인숙의 테라스에서 푸짐한 식사를 하고, 알프스의 오솔길을 걸어 올라 구름 위까지 다다른다면, 그리고 문득 멀리, 아주 멀리,

10 이탈리아식 만두의 일종.

저 아래쪽으로 성당의 종탑이 뾰족하게 솟아 있는 마을이 나타나는 것을 본다면……. 그때 카망베르 치즈와 붉은 포도주 한 통을 꺼내 영원을 마주 보며 간단한 요기를 한다면…….

사무실의 그 모든 위선자들과 다시 만날 생각을 하니 식은땀이 죽 흘렀다. 그자들의 유일한 이상(理想)은 될 수 있는 대로 빨리빨리 주머니를 채운 다음 타히티에 가서 엉덩이를 햇볕에 쬐며 세상의 종말을 기다리는 것이었다. 또 사교상 자주 만나는 사람들은 어떻던가……. 인간을 혐오하고 저만 사랑하는 자들, 제 배 채우는 일 말고는 만사에 무관심한 자들, 어떤 짓이든 할 수 있는 용렬한 자들, 굴러먹다 지친 바람둥이들, 알아주는 악한들, 멍청한 탐미주의자들, 염치 체면도 없이 그저 출세만 하려는 자들, 고상한 체하는 인간쓰레기들, 아첨꾼 기자들, 잔머리 굴리는 매니저들, 허세 부리는 사상가들, 순수하지 못한 작가들, 〈예스맨〉들, 감동이라는 걸 모르는 냉혈한들, 속 빈 강정들……. 혼탁한 물에서 고기를 잡는 이 모든 낚시꾼들을 그는 잘 알고 있었다. 그 역시 그런 인간 중의 하나였다. 그 속에 다시 뛰어든다고? 우웩……. 그리고 사무실에서나, 칵테일파티에서나, 집에서나 그가 기다릴 사람은 아무도 없을 것이며, 그녀는 오지 않을 것이며, 그는 그녀와 멀리 떨어져 있을 것이다…….

이때 그는 자신이 사랑에 빠져 있다는 사실을 불안한 마음으로 인정했다.

곧 그는 위험에 대항했다. 저 마녀 같은 여자에게 넘어가지 않으리라! 그는 늙고 쪼글쪼글해져 지팡이를 짚고 있는 그녀를 그려 보고 슈크루트[11]를 먹고 있는 그녀의 모습을 떠올려 보고, 변기에 앉은 그녀를 상상해 보았지만 아무 소용이 없었다. 빈민층에 곤궁함이 닥치듯 그에게 사랑이 덤벼든 것이었다. 〈오래 갇혀 있다 보니 내가 약해진 거야〉 하고 그는 생각했다. 〈난 제어할 수 없는 감정의 공격을 받고 있는 거야. 병적인 감정에 꼼짝없이 사로잡혀 있는 거라고. 저 못된 여자는 틀림없이 이런 일을 예상했을 거야. 내가 결국은 자기와 사랑에 빠지게 되도록 저 여자가 모든 일을 꾸민 거야. 정신을 똑바로 차려야 해. 여자란 그저 여자일 뿐이야. 위(胃)도 있고 간도 창자도 있는……. 60킬로짜리 뼈와 살, 그걸로 무슨 그럴듯한 요리를 만들겠어. 만

11 백포도주에 절인 양배추 채에 소시지, 햄 등을 섞어 내는 알자스 지방 음식.

약 내가 저 여자하고 산다면 나는 더 이상 집 안에서 혼자 얘기하지도 못하고, 거울 앞에서 지휘자 흉내를 내지도 못하고, 욕조에 누워 일요일을 보내지도 못할 거야. 나 자신이 되기 위해선 도둑처럼 내 모습을 감추어야 하겠지. 저 여자는 나를 야금야금 갉아먹을 거야. 여자란 손가락 하나를 내주면 손을 온통 차지해 버리는 법이거든. 고양이, 관엽 식물, 장모, 이런 것을 누릴 권리가 생기겠지……. 바깥에서 원숭이 노릇 하는 것도 지긋지긋한데, 하물며 집에서조차 맘 편히 있을 수 없다면…….〉

하지만 그 여자를 사랑하지 말아야 할 이유를 천 가지나 찾아내도 소용이 없었다. 전문 용어로 단단히 무장한 냉철한 심리학자의 입장에서, 자기를 괴롭히는 이 사랑은 삶의 공간이 급격하게 축소됨으로 말미암아 자기의 리비도가 그곳의 유일한 인간인 그 여자에게 과도하게 투여되었기 때문이라고 혼잣말을 거듭해 보아도 소용이 없었다. 어쨌든 그는 그 여자를 사랑하고 있었다.

그러자 그는 일부러 그 여자를 생각하기 시작하여 그 여자의 이미지를 요리조리 뒤집었다 폈다 해보며, 그렇게 해서 성이 차게 되기를 바랐다. 배신자처럼 그를 공격해 대는 사랑을 끝없이 되씹음으로써 마모시켜 보려고 애를 썼다.

헛수고였다. 다른 모든 여자들은 그 여자의 대용품, 그녀에게 다다르기 위해 실패할 수밖에 없었던 시도들에 지나지 않는 것 같았다.

해방될 때가 다가오고 있었다. 그는 발메르 부인을 거의 보지 못했다. 그는 바보 같은 소리를 하게 될까 봐 그녀에게 말을 건네지도 않고 있었다. 그녀의 눈길도 피했다. 그는 그녀를 너무도 사랑한 나머지 자기의 사랑을 숨기는 일만을 생각하고 있었다. 자기가 품은 열정의 격렬함이 부끄러웠다. 그는 파이프를 입에 문채 지옥에 떨어진 사람처럼 곰곰이 생각하느라 오후 시간을 보내곤 했다. 그는 자기가 왜 그 여자를 좋아하는지, 그리고 더 이상 그녀를 생각하지 않을 방법이 없는지, 또 그녀 쪽에서는 도대체 무슨 생각을 하고 있을지를 자문해 보았다…….

다시금 의혹이 찾아들었다. 만일 저 여자가 자기를 이 안에서 썩게 그냥 내버려 둔다면 어쩌지?

그는 이제 아무것도 믿지 않았다.

말짱하게 돌아가는 이성(理性), 또 유연하고 사물의

정곡을 찌르며 쉴 새 없이 작동하는 지성을 겸비한 자기가 임의와 우연에 꼼짝없이 붙들려 있음을 안다는 것, 이건 미칠 노릇이었다.

이성이 삶의 이유를 부여해 주는 것은 아니다. 살게 하는 것은 다른 것이다.

하지만 무엇?

샤를은 이제 삶에서 아무것도 이해할 수가 없었다. 확실했던 모든 것들이 그의 머리 위로 와르르 무너져 내렸다. 자신이 뒤집어지는 느낌이었다.

그는 파이프를 다시 움켜쥐었다.

신선한 담배에서 나는 후추 같은 냄새를 풍기며 그의 입에 물려 연기를 뿜고 있는 이 뜨거운 나무토막, 이것이 한 가지 사는 이유였다. 산다는 건 그런 것이었다. 그는 이 삶을 한껏 들이마시고, 그것을 손가락으로 꽉 붙들고, 욕심스럽게 깨물었다. 멍텅구리 같은 이 파이프, 아무 의미도 없는 이 파이프, 바로 이것이 자포자기를 막아 주었다.

그다음 며칠 동안은 기분이 좀 나아졌다. 그가 사랑에 저항하려고 애쓰지 않으면 사랑은 그를 덜 괴롭혔다. 「독감처럼 지나갈 거야.」 그는 혼자 이렇게 되풀이했다.

그 일이 일어난 것은 12월 23일에서 24일로 넘어가는 밤중이었다.

저녁나절에 식사를 갖다 주면서 발메르 부인은 엘리베이터를 장식하라고 크리스마스 꽃줄 장식이며 둥근 공 모양의 장식들을 주었다. 그는 이 과업을 정성스레 완수하고 텔레비전을 좀 본 다음 자정 무렵 자리에 누웠다. 내일이면 해방될 것이었다.

주먹을 꽉 쥔 채 잠이 든 지 한두 시간 되었을 때 그는 갑자기 깨어났다.

무언가 심상치 않은 일이 벌어지고 있었다.

그는 일어나 귀를 기울였다. 그녀의 집 안에서 껄껄 웃는 소리가 들려왔다. 남자의 웃음소리였다. 이어 샤를은 발메르 부인의 목소리를 들을 수 있었다.

그는 귀를 최대한 바짝 세웠다. 그러자 그 남자는 아프리카 흑인 특유의 심한 억양으로 말하는 것이었다.

「……항상 잘 먹였으니, 질이 아주 좋아요.」

그다음에 발메르 부인이 한 가지 질문을 했지만 샤를은 알아들을 수가 없었다.

「아닙니다. 마지막 순간에 죽여야 해요. 익히기 직전에요. 그래야 맛이 더 좋아요.」 흑인이 대답했다.

샤를은 피가 꽁꽁 얼어붙는 느낌이었다.

흑인이 말을 이었다. 「중요한 건요, 아무것도 알아채지 못해야 한다는 겁니다. 무서워하게 되면, 맛이 나빠질 염려가 있어요……. 우리는 한바탕 맛있게 먹게 될 겁니다……. 골은 됐다 먹으면 좋죠. 골을 절임으로 만들면 맛이 그만이랍니다……. 자, 이제 전 가봐야겠습니다. 내일 뵙겠습니다.」

그러더니 조용해졌다. 아마 그 흑인은 뒷계단으로 해서 간 모양이었다.

샤를은 몸을 돌려 거울을 보았다. 그는 자기 얼굴을 알아보지 못했다. 그래도 그것은 분명 그였다……. 공포의 가면이었다.

마지막 날

「먹히다니!」 그는 천 번은 되풀이했다. 「내가 먹히다니! 나를 먹어 치우다니! 나는 잘게 토막이 나서, 알지도 못하는 자들의 배 속에서 끝장이 날 거다! 그들은 나를 씹어 삼킬 거야! 여송연을 피우며 나를 소화시킬 거야!」

그가 없는 사이에 세상 풍속이 이렇게도 빨리 변했다니, 이게 있을 수 있는 일인가? 사람들이 어느새 이런 지경에 이르렀단 말인가? 집에서 사람을 잡아먹는 게 요즘 유행인가? 아니면 저자들은 변태적인 인간 떼거리란 말인가……?

아니다, 그는 그 사실을 믿기를 거부했다. 파리 한복판에 식인종이라니, 도저히 생각할 수 없는 일이다.

그렇지만…… 사교계를 주름잡는 자들, 속물들, 내로라하는 집안의 자제들, 파리의 명사입네 하는 늙은 얼간이들, 그들이 사람의 살을 먹고 있는 모습을 그는 얼마든지 상상할 수 있었다. 남과 다르다는 티를 내기 위해서라면 무슨 일이든 할 수 있는 자들도 있었고, 또 남들한테 안 빠지게 행동하기 위해서라면 극악한 일을 능히 저지를 수 있는 자들도 있었다. 20세기에, 파리에서, 고기 찌개가 되어 생을 마친다는 것, 끔찍하게도 그건 있을 수 있는 일이었다.

샤를은 양쪽 귀를 두 손으로 막고 찡그린 얼굴을 거울에 대고 짓뭉겠다. 「왜 하필 나지? ……내가 무슨 잘못을 했기에 이런 일을 당해야 돼?」 그는 앞길이 창창하던 자기가 냄비 속에서 익어 가는 모습을 상상했고, 울기 시작했다.

사냥개에 쫓겨 궁지에 몰린 노루가 이제 끝장이구나 싶을 때 본능적으로 저 살던 집 쪽으로 돌아가듯이, 샤를은 자기의 어린 시절로 피신했다.

일곱 살 때까지 그는 시골에서 살았다. 보리수나무 밑에 앉아 파이프 담배를 피우던 시골 노인네들이 떠올랐다……. 그리고 사촌들과 함께 파묻혀 놀던 건초 더미들……. 강(江), 그리고 할아버지가 타고 고기 잡으러 떠나던 배 — 거기 올라탄다는 것은 더할 나위 없는 즐거움이었지 — 그리고 아이들은 갈 수 없었던 작은 섬, 그 섬을 아이들은 낮에는 〈요정의 섬〉, 밤에는 〈유령의 섬〉이라고 부르곤 했지……. 그가 배에 태우려 했던 염소, 저 머나먼 옛날 속으로 사라져 버린 농장의 모든 개들……. 어딜 가건 그를 따라다니고 밤이면 그의 방으로 뛰어들려고 뽕나무에 기어오르던, 발이 셋 달린 고양이 무네트…….

샤를은 화환 장식 아래서 추위에 떨며 몸을 동그랗게 움츠리고, 눈물로 수염을 흠뻑 적신 채 추억의 공동(空洞) 속에 빠져서는 잃어버린 유년 속에 파묻혀 몸을 덥혔다.

이제 강은 약품을 만드는 공장의 폐수가 쏟아지는 하수구가 되었다. 그가 인디언 놀이를 하며 놀던 풀밭에는 주유소가 들어섰다. 농장은 교통사고로 장애인이 된 사람들의 재활원이 되었다. 지저귀는 꾀꼬리 소리 대신 이제는 자동차 소리만 들려왔다. 해가 지는 곳은 이제 누런 황금빛 보리밭 뒤편이 아니라 고속도로 뒤쪽이다. 그 무엇의 이름으로 사람들은 그의 어린 시절을 파괴해 버렸는가? 그 무엇의 이름으로 그는 살아왔던가? 잔고가 두둑한 은행 계좌와 새 차와 사 모은 넥타이를 지니고, 그 무엇의 이름으로 그는 죽을 것인가? 무엇의 이름으로……?

「노스페라투, 어디 있니?」

샤를은 눈을 들었다. 고양이가 엘리베이터 저편에서 그를 지켜보고 있었다. 발메르 부인이 나타났다.

「아직도 층계참에 틀어박혀 있구나.」 고양이를 품에 안으며 그녀가 말했다. 「목욕시키려고 널 한 시간이나 찾았잖니…….」

그러더니 샤를에게 말했다.

「그래, 오늘 저녁에는 기분이 괜찮아요?」

목 졸린 듯한 음성으로 그가 말했다. 「저, 곰곰이 생각해 봤는데요, 제 석방을 유예해 주시기를 바랍니다.」

「날보고 어떻게 하라고요?」

「제 석방이 보류되었으면 한다는 말입니다. 네, 이상하게 생각되시겠죠, 하지만, 뭐랄까요……? 저는 이 엘리베이터에 대해서 뭔가를 느낀 것 같습니다. 제가 점점 더 이곳과 조화되어 가는 것이 느껴집니다. 엄격하고 수도원 같은 이 생활, 이렇게도 명상하기 좋은 분위기를 만들어 주는 이 고독에 맛을 들였습니다. 이 엘리베이터는 저의 정신의 폭을 넓혀 주었고, 저 자신의 심층까지 내려갈 수 있게 해주었습니다. 아시겠습니까, 저는 늘 일 걱정과 도시의 번잡함에서 훌쩍 떠나 은둔자로 살기를 꿈꾸어 왔습니다. 당신의 엘리베이터가 뜻밖의 기회를 제게 준 거죠. 게다가, 비좁지만 안락한 이 환경에서 저는 이제 아주 편안합니다. 익숙해진 거지요…….」

「당신 머리에 바람이 든 것 같군요. 이젠 나가야 해요. 휴가는 끝났어요!」

「하지만 이렇게 급작스럽게 나갈 순 없습니다! 저한테는 재적응 기간이 필요합니다. 심리학자들 모두 다 그렇게 말할 겁니다! 갑자기 바깥에 다시 나간다는 것은 저의 정신적 균형에 위험할 수도 있습니다!」

「내 생각으론 머리가 돌길 바라는 게 아니라면 오히려 빨리 나가는 게 좋을걸요. 난 정신 나간 사람 때문에 양심의 가책을 받고 싶진 않아요. 당신이 원하건, 원하지 않건, 오늘 저녁 당신은 내 손님들하고 합석하게 될 거예요.」

손님들은 하나씩 둘씩 도착했지만, 샤를은 그들을 보고 싶지 않았다. 한구석에 몸을 바짝 오그리고 스코틀랜드 모직 담요를 머리에 덮어쓴 채, 그는 엘리베이터 안에 있을 자유를 완강히 수호할 태세가 되어 있었다.

그러나 갑자기 엘리베이터가 진동하고, 이어 올라가는 것이 느껴졌다……. 당황한 그는 담요 밑에서 고개를

쑥 내밀었고, 층계참에서 정장을 차려입은 사람들 한
복판에 서 있는 발메르 부인을 보았다. 창살이 열리고,
박수 소리가 요란하게 나더니, 팔들이 그의 몸을 꽉 잡
아 들어올렸다…….

「안 돼! 당신들은 이럴 권리가 없어! 난 아무 짓도
안 했어!」 그가 자기 몸에 좀 더 무게를 실으려고 두 다
리를 끌어올렸다가 아래쪽으로 뻗으며 울부짖었다.

사람들은 그의 두 발을 잡고 그의 몸을 끌어냈다. 그
는 엘리베이터의 기둥 하나를 붙잡고 매달렸고, 오락
가락하는 손 하나를 물어뜯었다.

손님 한 사람이 이렇게 말했다.

「이 사람은 태어날 때의 심한 충격을 다시 겪고 있는
겁니다.」

샤를은 필사적으로 몸부림치며 미친 듯 엘리베이터
에 달라붙었다. 그러나 다른 사람들의 힘이 더 셌고, 마
침내 그는 굴복하고야 말았다. 두 발을 잡혀 질질 끌려
그는 다시 못 볼 이 엘리베이터, 십자가와 우체국 달력
앞에서 그가 그렇게도 고통받고 그렇게도 희망을 품던
이곳의 향수 어린 마지막 영상을 마음에 품고 떠나갔
다…….

그는 손톱으로 아직도 땅을 그러잡으려고 애썼다.

암소 우는 소리를 내면서 그는 깔개를 움켜잡고 그것을 끌고 갔다. 사람들은 그를 일으켜 방으로 데리고 가서, 탁자 위에 눕혔다. 그를 붙잡고 있는 사람은 여섯 명은 족히 되었다. 그는 거품을 내뿜었으며, 눈은 마치 미친 사람 같았고, 수염은 마구 엉켜 있었다. 그는 자기가 부엌에 있다는 것을 알았다. 그는 입으로 무얼 물어뜯으려고 했다.

갑자기 웃음 띤 흑인의 얼굴이 그를 굽어보았다. 그는 기절했다.

다시 정신이 들었지만 그는 눈을 뜰 엄두조차 못 내었다. 엄청나게 큰 냄비 속에 자기 몸이 잠겨 있는 것이 느껴졌다. 국물은 뜨거웠지만 그는 덜덜 떨며 이를 딱딱 맞부딪치기 시작했다.

「긴장을 풀어요.」 발메르 부인이 말했다.

그는 잔뜩 겁먹은 눈을 떴다. 그는 욕조 안에 있었다.

그녀는 그의 코 밑에 작은 병 하나를 대주며 말을 이었다.

「자요, 이걸 들이마셔 봐요. 소금이에요, 기분이 좀 나아질 거예요.」

킁킁 소리 내어 그것을 들이마시니 금세 기분이 나

아졌다. 사람들이 날 목욕시키는 거라면, 희망이 있지 않을까? 가까이서 관찰해 보고 아마 사람들은 내가 먹을 만한 상태가 아니라고 판단했나 보다…….

그러나 문득 그는 깨달았다. 지저분한 사람을 먹지는 않는 법. 목을 따고 내장을 빼내기 전에 물로 충분히 씻는 것이 당연하지.

그는 발메르 부인을 바라보았다. 그녀는 금빛 반짝이 장식이 달린, 멋진 등이 그대로 드러나는 파티용 짧은 드레스를 입고 있었다. 드레스 앞섶이 타원형으로 파여 배꼽이 드러나 보였다. 그녀는 악어가죽으로 만든 뾰족한 구두를 신고 발목에는 금으로 만든 가는 사슬 모양의 발찌를 두르고 있었다. 샤를은 그녀와 사랑을 나누고픈 마음은 없었고, 그녀를 핥고, 빨고, 물고, 그녀의 몸 전체를 입으로 탐색해 보았으면 싶었다. 조금 있으면 자기가 저 사랑스러운 배[腹] 안에 있게 될 거라고 생각하니 몸이 부르르 떨렸다. 자기를 먹으려는 여자를 사랑할 수 있다니, 정말 믿을 수 없는 일이었다.

그녀가 말했다. 「당신 참 서글퍼 보이네요. 자, 기운 좀 내봐요! 당신은 이 엘리베이터에 꼼짝없이 붙박여 있었지만, 이젠 끝난 일이에요, 모든 걸 잊어버려야 해요……. 알겠어요?」

「네…….」

「좋아요……. 자, 자! 이제 물에는 잠길 만큼 잠겨 있었으니! 어서 와서 내 친구들을 안심시켜 줘요. 저 사람들은 당신 때문에 대단히 걱정하고 있어요. 여기 깨끗한 옷가지하고 정장 한 벌이 있어요. 난 밖에서 기다릴게요.」

혼자 남은 샤를은 몸의 물기를 닦고 옷을 입기 시작했다. 두 다리를 휘청거려 가며 그는 정장을 꿰어 입었다. 사형수라는 표시가 나는 얼굴 아래에 그는 나비넥타이를 매었다. 그리고 손톱 다듬는 가위를 집어 주머니에 쑤셔 넣은 다음 욕실을 나와 발메르 부인을 따라갔다.

그들은 복도를 지나 널따란 응접실로 들어갔다. 일종의 야만적인 호화로움이 지배하는 그 방은 〈퇴폐적인 카자흐〉 스타일이라고나 할 분위기였다. 곰 가죽들, 페르시아 융단, 야한 색깔의 동양풍 쿠션들, 사모바르[12]가 있었고, 베니스식 샹들리에 아래 크리스마스트리가 세워져 있었다. 커다란 그림 한 폭은 저물녘 맹수들의 싸움을 그린 것이었다. 창밖으로는 파리에 내리는 눈발이 보였다.

12 찻물을 끓이는 러시아식 주전자.

샤를은 마음을 졸이며 눈으로 냄비를 찾아보았다.

하지만 냄비라고는 없었다.

고기 굽는 기구가 하나 있을 뿐이었다. 그것은 널찍한 벽난로 안에서 을씨년스럽게 반짝이고 있었다. 벽난로 안에는 장작 몇 개가 타고, 그 앞에는 백리향[13] 몇 다발이 놓여 있었다.

〈프로방스산(産) 향초를 넣은 광고업자 요리〉라고 샤를은 자기도 모르게 생각했다. 이상하게도 이제는 두렵지 않았다. 여기 모인 사람들의 예의 바른 얼굴, 파티 복장, 나비넥타이, 샴페인 잔들이 그를 안심시켰다. 사람을 먹는 이 사람들은 그가 사는 세상의 일부분이었다. 이들은 빼어난 식인종, 나무랄 데 없는 식인종, 함께 얼마든지 사이좋게 지낼 수 있는, 그런 식인종이었다. 샤를이 열린 마음과 관대한 정신의 소유자로서 식인(食人) 풍습에 대해 아무런 편견이 없는 만큼 더욱 그렇지 않겠는가. 누구나 자기가 원하는 것을 먹을 자유가 있다. 그의 앞에 있는 사람들이 식인종이라는 것이 문제가 아니라, 그들이 먹고 싶어 하는 대상이 바로 그라는 것이 문제였다.

---

13 서양 음식에 넣는 향초(香草)의 일종으로, 프랑스 남부 프로방스 지방에서 많이 남.

그가 나타나자 다들 조용해졌다. 초췌한 몰골에 머리카락은 두억시니 같고 열아흐레 동안 자란 수염이 가관인 그를 모두들 자세히 뜯어보았다. 그는 좌중을 훑어보았다. 흑인은 거기 없었다. 아마도 부엌에서 조리용구들을 닦고 갈고 있는가 보았다.

「이분이 우리의 고집 센 생환자(生還者)시구먼.」 뺨이 퉁퉁한 뚱뚱보 남자가 빙긋 웃으며 말했다. 「성수(聖水) 그릇에 빠진 악마처럼 버둥대시더군.」

「한창 꿈을 꾸고 있는데 느닷없이 당하는 바람에, 오로지 저의 안전을 위해 하신 일인데 제가 좀 성깔을 부리며 대응했던 건 사실입니다. 그 점은 유감으로 생각하며 진심으로 사과드리는 바입니다.」 샤를이 대답했다.

「그러니까 꿈을 꾸고 계셨군요! 그럼 시인이세요? 참 감미롭죠, 시인이라……」 이빨이 햄스터같이 생긴 아가씨 하나가 감탄하며 말했다.

「실망하실 테지만, 아가씨, 전 유감스럽게도 시인이 아닙니다. 전 광고업계에서 일하고 있고, 명상의 기쁨에 취해 있을 만한 여유가 거의 없습니다. 하지만 우리 광고쟁이들은, 꿈꾸는 걸 좋아하고 남들을 꿈꾸게 만드는 것도 좋아합니다. 누가 알겠습니까, 각박한 현대 생활에 찌든 우리 영혼 저 깊은 곳에 팔딱거리며 뛰는 시인의 가슴이 살포시 숨겨져 있을는지 말입니다.」

배가 불쑥 나온 부인이 나서서 말했다. 「어찌 됐든 말이에요. 건강한 당신의 모습을 보고 당신의 존재를 음미할[14] 수 있게 되어 우리 모두는 정말 기쁘답니다.」

이때 발메르 부인이 말했다. 「죄송합니다만 전 부엌에 가서 소스를 준비해야겠어요.」

샤를은 될 수 있는 대로 많은 사람에게 호감을 주려고 애를 쓰며 손님들 틈바구니를 이리저리 누비고 다녔다. 이들의 입맛이 가셔 버리게 아픈 척할까 하는 생각도 해보았다. 그러나 전략에 뛰어난 그는, 적의 입맛을 떨어뜨려 버린다는 것은 잘못이라고 판단하였다. 몸이 아프다고 하면 사람들은 더 옳다구나 하고 그를 죽일 것이다. 그래서 그는 정반대의 태도를 취하기로 했다. 매혹적인 눈으로 노출시킨 목들과 생과자들을 향해 비꼬는 듯 가벼운 미소를 슬쩍 흘리면서 그는 샴페인 잔을 들고 여기저기 팔랑팔랑 누비고 다녔다. 그는 모든 이의 걱정거리와 야심이 무엇인지 알아보고 그들 각각의 마음을 끌게끔 수를 썼다. 「두통이 떠날

---

14 프랑스어 *goûter* 동사는 〈음미하다〉라는 뜻과 더불어 〈음식을 맛보다〉라는 뜻도 가지고 있다.

날 없으시다고요? 마침 제가 아는 분 중에 두통을 전문으로 연구한 명교수가 있습니다……. 글을 쓰십니까? 뢰스 출판사의 루이 파르망티에가 저의 오랜 친구랍니다……. 노래를 하세요? 스텔라 쉬세트의 매니저인 막스 보르지아를 찾아가셔서 제 소개로 왔다고 하시면 틀림없을 겁니다……」 그는 조언을 아낌없이 뿌리고, 자기의 인맥을 자랑하고, 꾸며 낸 미소와 그윽한 눈길을 이곳저곳에 보내고, 뚱뚱한 여자들에게는 자기가 풍만한 몸매를 좋아한다고, 마른 여자들에게는 자기가 날씬한 여자라면 사족을 못 쓴다고 넌지시 말해 얄팍한 공감을 자아냈다. 「참 멋진 사람이야.」 「그리고 참 자연스럽지……!」 그의 등 뒤에서 사람들이 이렇게 수군거리는 소리가 들렸다.

샤를은 자기가 잘 하고 있다는 느낌이 들었다. 그러나 정작 상대해야 할 중요 인물은 틀림없이 그 흑인일 터였다. 그에게 확신을 주어야 하는 것이었다…….

누군가의 한 손이 그의 어깨에 와 얹혔다. 그는 흠칫 떨며 냉큼 돌아다보았다.

사제복을 입은 젊은 신부였다.

「성탄을 축하합니다, 형제님.」

「아, 예……. 저도요, 신부님…….」

「형제님, 당신의 쾌거를 축하합니다. 엘리베이터에서 19일을 보내다니, 굉장하군요! 우리에게 이런 시련을 주시는 하느님께 감사드립시다. 시련은 우리의 허영심을 꺾음으로써, 우리 영혼을 고양시키지요.」

샤를이 겸손한 말투로 대답했다. 「아! 신부님, 제가 얼마나 많이 하느님을 생각했는지 아십니까! 전 미친 놈처럼 기도했습니다······. 아니, 제 말씀은, 독실한 신자처럼 기도했다는 얘깁니다······. 저는 아주 유명한 노트르담 드 로레트 성당에서 영세를 받았지요······. 아! 제 자랑이 아니라, 신부님, 전 몹시 고통을 당했답니다. 다행히 그리스도께서 무상으로 베풀어 주시는 도움을 받을 수 있었지요.」

「예수님께서는 살아남도록 도와주실 뿐만 아니라, 형제님, 투쟁하도록 도와주시기도 한답니다! 참 그런데, 혹시 고해 성사를 하고 싶지 않으신가요?」

「고해 성사요, 제가요? 왜요?」

「당신의 영혼이 성모 마리아의 거룩한 속옷처럼 티 없이 결백하다고는 얘기하지 말아요······.」

신부는 그러더니 샤를 쪽으로 몸을 굽히고 고갯짓으로 손님들을 가리키며 이렇게 말했다.

「우리끼리니 말인데, 형제님, 저런 부질없는 대화가

유감스럽지 않소?」

「지독히요, 신부님. 지독히 유감스럽습니다…….」

「그럼, 이리 와보시오, 우리끼리만 좀 뚝 떨어져 저리 갑시다. 긴장을 풀고 내게 고해를 좀 하시오. 툭 터놓고 고해 성사를 하는 거요…….」

샤를은 배가 꽉 조여드는 것 같았다. 이 신부는 전혀 그의 마음에 들지 않았다. 그러나 신부의 호감을 사는 것이 중요했고, 그러므로 어쩔 수 없이 고해를 해야만 했다. 흑인의 반대편으로 그를 좀 부각시켜야 한다는 얘기였다.

〈종합 광고 기획 전문가〉는 목숨을 건 도주를 시도해 볼까도 곰곰 생각해 보았다. 그러나 그는 이 집 구조를 잘 알지 못했기 때문에 성공을 자신할 수 없었다. 그리고 이 사람들은 틀림없이 입구에 보초를 세워 놓았을 것이었다.

다리에 힘이 쫙 빠진 그는 성직자를 따라갔다.

신부는 인기척 없는 긴 복도로 그를 데리고 갔다. 복도 끝에는 초록색 문이 하나 있었다.

그들이 걸을 때마다 마룻바닥이 삐걱거렸다.

「들어오시오, 형제님…….」

「저, 신부님, 여기는 빗자루 넣어 두는 청소 도구 광인데요, 우리는……」

「형제여, 하느님은 청소 도구 광 안에도 계십니다. 여기서도 하느님은 우리의 소리를 들어 주실 겁니다.」 샤를을 안쪽으로 밀며 신부가 선언했다.

목구멍이 바싹 타서 샤를은 그 구석으로 들어갔다. 자기 연인의 청소 도구 광 안을 보게 되어 그는 잠시 가슴이 뭉클하였다. 그리고 전문가다운 안목으로 청소 도구 광의 사용 가능 용적을 측정했다.

이번엔 하느님을 섬기는 이가 청소 도구 광 안으로 들어왔다.

「꽤 좁군요.」 샤를이 지적했다.

신부는 진중하게 대답했다.

「청소 도구 광 안에서 중요한 것은, 빗자루들이 편한가 하는 거요.」

그리고 그는 문을 닫았다.

「아니, 아무것도 안 보이네요! 기다리세요, 제가 가서 성냥을 찾아오겠습니다……」 샤를이 소리쳤다.

「필요 없고, 형제님. 심정을 토로하는 데는 어둠이 더 적합하오.」

「하지만 저는…… 전…….」

「어둠이 무서운가요?」

「음…… 저, 전…… 솔직히 고백하면 그렇습니다…….
좀…… 야릇하게 생기지 않았습니까, 그렇게 생각하지
않으세요……? 글쎄, 저는 인종 차별주의자는 아닙니
다만, 혹시 모르잖습니까……」[15]

「형제님은 심각한 혼란에 빠져 있는 것 같군요…….
무얼 두려워하는 거요, 음……?」

샤를은 선반 널 밑에 쪼그리고 앉아 손톱 다듬는 가
위의 날카로운 끝을 앞으로 내밀고 있었다. 밀초와 톱
밥 냄새가 났다. 빗자루의 끝부분이 코를 스쳤다. 숨을
할딱이며 그는 상대편의 털끝만 한 움직임도 경계하고
있었다.

「제발, 형제여, 마음을 툭 털어놓으시오. 여기는 고요
하고 평화롭잖소. 맘 푹 놓고 당신의 영혼을 내게 의탁
해도 좋소.」

샤를은 이제 공격 단계로 넘어갈 때가 되었다고 판
단했다.

「자, 그럼 말씀드리죠. 지난여름, 저는 아주아주 큰
죄를 지었습니다. 대형 슈퍼마켓의 한 체인점에서 일요

15 〈어둠〉과 〈흑인〉이 프랑스어로는 같은 단어 *le noir*이므로 샤를은
신부가 흑인을 무서워하느냐고 묻는 줄 알고 엉뚱한 대답을 하고 있다.

일 손님을 끌려고 간이 성당을 개설했더랬습니다. 저는 거기서 판촉 광고 기획을 담당했는데, 신부님들께 짤막한 텔레비전 광고에 출연해 주십사고 부탁드렸습니다……. 상당한 출연료를 드리고 말이죠. 그게 중죄입니까?」

「……대단한 건 아니지요……. 예수님께서 텔레비전 광고를 명백히 죄라고 규정하신 적은 없소…….」

「휴! 안심이 되는군요. 신부님, 저 말씀입니다, 돌고 도는 이윤의 순환 과정에서 종교를 제외한다는 것은 부당한 일이죠. 이윤이 착한 사람의 손에 쥐어지기만 한다면 하느님께서도 한 판 크게 히트를 치실 수 있을 겁니다. 카뷰레터에 약간의 영성(靈性)이 들어가면 소비자들의 개심에도 도움이 된다는 사실은 놔두고라도 말입니다. 그러니까 결국 신부님께선 돈이라는 것에 대해 반대하는 입장은 아니시죠? 만약 하느님께서 기회를 만들어 주신다면, 신부님 자신의 경제 형편이 좀 나아지실 수 있는 가능성을 불쾌하게 생각하지는 않으시겠죠?」

신부는 잠시 조용히 있었다. 그는 마치 무언가에 꽉 눌린 듯 거친 숨을 내쉬었다. 그러더니 갑자기 동굴에서 들려오는 듯한 낮은 음성으로 말했다.

「사람은 하느님과 돈을 한꺼번에 섬길 수 없느니라,
예수님께서 이렇게 말씀하셨습니다.」

샤를은 바짝 졸아들었다.

신부가 말을 이었다. 「형제님, 계산하면서 사는 것은
잘못된 삶의 방식이오. 이기적인 삶은 언제나 불행한
삶입니다. 자기만 생각하는 사람은 자기 자신의 적입
니다. 이익은 아무 소용 없어요. 아무 일이나 하느라고
그렇게 고생한들 무엇합니까? 주머니는 가득 찼는데
가슴은 텅 빈다면 애써서 무엇합니까? 갖은 수를 써서
물질적 성공을 얻으려 애쓴다면 스스로를 망치게 될
것이오. 쾌락을 좇아 달리다 보면 곧 근심이 뒤따르게
될 게요……. 형제님, 눈을 뜨고, 아직도 얼음 밑에서
파닥거리고 있는 당신 영혼을 되찾으시오. 자기를 버
리시오. 하잘것없는 작은 이익의 노예가 된 당신의 지
성을 조심하시오……. 당신의 이성은 하찮은 것이란
말이오. 얼음을 깨뜨리시오! 당신보다 더 큰 것에 당신
을 바치고, 당신 자신의 끝까지 가보시오. 당신의 틀에
서 벗어나 그냥 아래로 떨어져 보시오, 안에서 비추는
빛을 향하여 심연의 밑바닥까지 잠겨 보시오. 하느님
은 우리 위에 계신 것이 아니라 우리 마음 저 깊은 곳에
계십니다. 당신은 낮은 곳까지 내려가 보았고, 하느님

을 손으로 만져 볼 뻔했으면서도, 벌써 하느님께 등을 돌리고 있소! 절망과 근심의 어두컴컴한 골짜기에서 당신은 당신의 영혼과 당신의 내밀한 진실, 그리고 구멍 속 깊은 곳에 도사린 작은 생쥐처럼 당신 안에 움츠리고 있는 순수한 본성을 느꼈던 거요. 그런데 벌써 지옥 같은 잔꾀를 다시 부리려 하다니……. 저항하시오, 형제여, 저항하시오! 사탄과 그의 갖은 허식에서 멀어지시오! 허위가 제공하는 쾌락, 그 쾌락은 쾌락이 아니오. 위선이 부여하는 영광, 그 영광은 영광이 아니오. 평화롭지 않은 것이 주는 평화, 그 평화는 평화가 아니오. 거짓된 이 세상에서 죽으시오. 당신 자신에게서 죽으시오. 그러면 당신은 환한 빛 속에서 다시 태어나게 되리다……! 사람이 더 이상 아무것도 아닐 때 얼마나 편안한지를 당신이 안다면! 샤를, 내 형제여, 자욱한 먼지여, 모래와 어둠의 자식이여, 나비의 한쪽 날개 그늘만도 못한 가련한 육체여, 물질을 잊으시오. 그러면 하느님의 입김이 당신에게 와 닿으리다! 사물에서 벗어나시오, 그러면 본질을 포착하게 되리다! 무(無)도 아니요 그 어떤 것도 아니지만 대속자(代贖者)이신 그분을 닮아 한량없이 겸손하면, 죽음이 당신에게는 봄의 아침이 되고, 당신의 영혼은 영원을 나누어 갖게 되리다!」

그러자 샤를은 쥐가 된 기분이었다. 정장을 하고 좀 약 알들과 그릇 닦는 가루 사이 컴컴한 곳에 웅크려 숨은 쥐, 겁에 질려 죽을 지경이면서도 제 한 목숨 건지기 위해서라면 무슨 일이든 할 준비가 되어 있는 쥐.

샤를이 말했다. 「신부님, 제가 한낱 불쌍한 죄인임을 압니다. 하지만 저는 속죄는 할 수 있습니다……. 신부님은 저 사람들이 하려는 짓을 인정하셔서는 안 됩니다……. 이 끔찍한 밤샘 파티…… 아기 예수님이 태어나신 밤에…… 먹으려 들다니요…….」

「이보시오, 형제. 하느님께서는 친구들끼리 모여 좋아하는 음식을 먹는 일을 금하지 않으십니다…….」

「좋아하는 음식을 먹는다고요? 하지만…… 제 말씀 좀 들어 보십시오, 신부님. 저는 원칙에 대해서는 전혀 반대하지 않습니다. 만일 신부님께서 그것이 정상이라고 말씀하신다면 말입니다. 하지만 그들이 선택한 것이 하필 저여야 할 이유는 없습니다! 우선, 저는 남들이 좋아할 만한 인간이 아니고요…….」

「자, 자, 형제……. 사람은 저마다 뭔가 좋은 점이 있는 법이오.」

샤를이 울부짖었다. 「제 경우는 아닙니다! 저는 좋

은 점이 없습니다! 저는 언제나 아무렇게나 닥치는 대로 음식을 먹었고, 습진도 있고, 간도 위험하고, 설사병도 있고, 저는 맛이 없을 거라고 확신합니다! 저보다 나은 사람들이 쎄고 쎘습니다……! 신부님, 제발, 저 사람들에게 말해 주십시오……. 저는 좋은 사람이 아닙니다. 저는 그저 쥐새끼일 뿐입니다…….」[16]

「무릎을 꿇으시오, 약한 인간 같으니. 그리고 쥐들을 비방하지 마시오, 쥐들도 하느님께서 사랑으로 만드셨소.」

그들은 응접실로 돌아갔다. 신경질적인 분위기였다. 거기 있는 사람들은 배고픈 눈치가 완연했다. 「무얼 기다리는 거지?」 샤를의 등 뒤에서 이런 소리가 들렸다.

백지장처럼 새하얗게 질리고 초주검이 된 그는 구조를 요청할 셈으로 창에 다가갔다. 그는 창을 열고 차가운 공기를 흠뻑 들이마시고, 몸을 굽혀 내려다보았다. 길에는 아무도 없었다. 창문 바로 밑에는 전구로 장식한 플라타너스가 한 그루 서 있었다. 조금씩조금씩, 눈

16 프랑스어 bon은 〈좋다〉와 〈맛있다〉는 뜻을, mauvais는 〈나쁘다〉와 〈맛없다〉라는 뜻을 함께 표현한다. 샤를은 지금 〈저는 맛있지 않습니다〉라고 말하고, 그것을 신부는 〈저는 좋은 사람이 아닙니다〉라고 받아들이고 있다.

이 나뭇가지 위에, 창문가에, 낙수 홈통 위에, 지붕 위에 쌓이고 있었다. 사방이 전형적인 파리였다. 노랗고 질퍽한 저 달조차 파리였다. 어떤 사람들은 사랑을 하고, 또 어떤 사람들은 홀로 병원에서 죽어 가고 있었다. 어떤 사람들은 최고급 음식점에서 샴페인을 마시며 밤샘을 하고, 또 어떤 사람들은 음식을 준비하느라 부엌에서 땀을 흘리고 있었다. 또 어떤 사람들은 먹히기를 기다리고 있었다.

경계 태세로 샤를은 손님들을 향해 돌아섰다. 몹시 시장한 듯한 몇몇 사람이 불량한 시선으로 그를 주시하고 있었다. 또 다른 두세 사람은 그가 재료로 들어갈 요리에 감지덕지하는 듯 명랑한 얼굴로 그를 관찰하였다. 그러나 대부분은 그의 운명을 동정하여 마음이 약해지기를 원치 않는 것인지 눈길을 피하고 그를 쳐다보지 않았다.

고양이는 극도로 흥분하여 마치 스키 회전 경기를 하듯이 손님들 사이를 이리저리 누비고 다니며 가구에 기어오르고, 모두들 방심한 틈을 타서 이곳저곳을 발톱으로 긁어 놓기도 했다.

샤를은 신부의 설교에 감동했고 그 내용을 곰곰이 생각해 보고 싶었지만, 일단은 목숨을 건지는 게 더 급한 일이라고 판단했다.

좋아, 선택은 한 가지밖에 없다. 만약 화장실에 들어가 문을 막는다면, 결국 닥치고야 말 파멸을 기껏해야 몇 분 늦출 수 있을 따름이다. 아예 부엌으로 들이닥쳐 손톱 다듬는 가위로 그 흑인을 급습한다면……. 그래, 선제공격을 해야지! 은신처에 있는 적을 덮쳐, 그쪽에서 방어할 생각을 하기 전에 해치우는 거다! 더구나 그렇게 하면 도망치기도 더 수월하지, 부엌에는 틀림없이 음식을 나를 때 드나드는 출구가 있을 테니까. 샤를은 혼잣말을 했다. 「과감하게, 그게 제일 효과적이야!」

그러나 그가 이 계획을 실천에 옮기려는 순간, 흑인이 응접실에 나타났다. 그는 고깃간 주인처럼 흰 앞치마를 두르고, 허리에는 식칼을 차고 있었다.

덩치 크고 근육 좋고 번들대는 입술에 두 눈이 빛나는 그의 모습에서는, 건강과 호기가 넘쳐흘렀다. 모인 사람들이 그에게 박수갈채를 보냈다.

「대단한 일을 집행하는 분이 오셨구먼.」 누군가가 이렇게 말했다.

「이제 꼬챙이에 꿰기만 하면 됩니다.」 희색이 만면하여 흑인이 말했다.

발메르 부인이 신부 앞에 서서 샤를 쪽으로 걸어오며

말했다.

「당신에게 니암을 소개할게요. 바로 이 사람이 모든 일을 맡았어요.」

샤를은, 마치 수탉이 방금 닭장에 들어온 여우를 바라보듯이 흘려서 흑인을 찬찬히 바라보았다. 문득 그는 황홀감을 느꼈다. 영웅심 어린 숨결이 그의 온몸을 짜르르 훑어 내렸다. 이제 그는 자기 목숨을 구하기 위해 이 모든 사람들과 마주 서서 혼자 얘기를 할 것이었다.

「저는 엘리베이터와의 투쟁에서 승리를 거두었습니다. 저는 고기 굽는 기구 앞에서 떨지 않겠습니다!」 그가 부르짖었다.

금세 조용해졌다. 눈이란 눈은 모두 그에게 집중되었다. 자석 같은 시선으로 청중을 쓰윽 훑으며 그가 이렇게 선언했다.

「이 썰렁한 어릿광대 쇼에서 가장 한심한 자는 제가 아니라, 제가 감히 입 밖에 내어 말할 수 없는 그 어떤 일에 마음이 동한 사람들입니다! ……제가 여러분의 동정을 사려 들 수도 있겠지요, 하지만 탄식하는 건 제 장기(長技)가 아닙니다. 단순한 이익에만 호소할 수도 있을 겁니다. 왜냐하면 여러분 가운데 몇몇 분들이 보시기엔 제가 많이……. 하지만 그렇게 한다면 너무 쉬운 일이 되겠죠. 저는 이런 식의 흥정은 역겹습니다. 제가 간청하는 단 한 가지는, 신사 숙녀 여러분, 진실의 수호입니다. 왜냐고요? (그는 집게손가락을 들어 올려 보였다.) 왜냐하면, 여러분을 죄의 문턱으로 밀어 넣은 것은 오류이기 때문입니다! 〈속임수〉라고 저는 말해야 겠습니다. 〈오류가 여러분을 죄의 문턱까지 몰아넣은 것이기 때문입니다. 여러분은 모두 가증스러운 사기극과 더러운 기만술의 피해자가 되셨던 적이 있으실 테니까요……〉 당신들의 호기심과 새로운 걸 찾는 입맛과 자극적인 감각에 대한 갈증을 이용해 당신들 마음속의 가장 천박한 것을 부채질한 사람들은, 자연에 역행하며 오직 허무주의와 사악과 타락에 속한 일일 따름인 그 어떤 짓을 여러분 눈앞에서 믿게 만들려고 시도했던 것입니다! 이 짓은 당신들을 유혹한 다음에는 당신들을 파멸시킬 것입니다. 자신의 배[腹]가 하자는 대로만 하는 사람은 스스로 포크에 찍혀 끝장을 볼 테니까요!」

이때 샤를은 두 팔을 벌리고 눈을 들어 샹들리에를 보며 큰 소리로 외쳤다.

「제가 여러분의 접시에 놓일 만하다고 생각하신다면, 여기 제 목이 있습니다!」

지체 없이 그는 상체를 앞으로 불쑥 내밀고 턱을 높

이 치켜든 채 말을 이었다.

「그러나 저는 벌써 여러분의 대답을 알고 있습니다. 이미 여러분의 눈에서 당신들이 저지를 뻔한 일에 대한 공포를 읽을 수 있습니다……! 아니오, 부끄러워하실 것 없습니다! 유일한 죄인, 그가 여기, 우리 앞에 있습니다. 자기가 지닌 칼날 때문에 비열해지고 그 파렴치함에 잔뜩 짓눌린 모습으로 말입니다! 자연이 그에게 낙인찍은 저 색깔만 없었다면 우리는 그의 얼굴이 붉으락푸르락하는 것을 벌써 볼 수 있었을 겁니다……! 그 인간은 방임주의, 나약함, 팽배한 속물근성, 비열한 행위에 일반적으로 나타나는 경쟁 심리, 그리고 경멸과 이기심을 이용해서 당신들을 어느 결에 야만의 길로 끌고 가는 방법을 알아냈습니다……! 하지만 우리는 그를 희생양으로 만들지는 않을 겁니다! 저는 평온하고 결연한 심정으로 이 말씀을 드립니다만, 그의 머리카락 한 오라기라도 건드리려는 사람은 먼저 제 몸을 밟고 지나가야 할 겁니다! 이 성탄절 전야에, 관용은 우리의 의무입니다! 바라건대 우리의 아량이 그의 치욕보다 한결 힘이 세기를! 그를 용서합시다!」

그러면서 그는 관용과 화해의 거창한 몸짓을 취하며 흑인을 향해 두 손을 내밀었다. 니암은 씨익 웃으며 샤를을 껴안으려고 두 팔을 벌리고 다가왔다. 샤를은 겁에 질려 펄쩍 뒤로 물러섰다. 그의 엉덩이가 열린 창문의 언저리에 얹혔다.

「왜 무서워해?」 흑인이 계속 다가가면서, 여전히 입이 찢어지게 웃으며 물었다. 「넌 너무 삶에 집착해 있어. 그게 네 삶을 망치지…… . 벌새에게 가장 소중한 것은 깃털이 아니라 새끼들 먹이려고 주둥이로 물어 오는 메뚜기야…… .」

샤를은 땀범벅이 되어 있었다. 그가 입 속으로 우물거렸다.

「제발, 흥정해 봅시다…… . 난 돈이 있어요…… .」

흑인은 그의 앞에 와서 걸음을 멈추고 두 팔을 디룽디룽 늘어뜨린 채 이렇게 말했다.

「스컹크는 어딜 가도 그 고약한 냄새를 풍기고 다니지. 그러니, 스컹크한테는 모든 냄새가 고약한 거야…… .」

창백한 낯빛에 입술이 바짝 말라, 샤를이 애써 힘주어 말했다.

「우리 사이에는 분명히 무슨 오해가 있어요. 차분히 얘기하는 게 상책입니다…… .」

흑인은 그의 어깨에 한 손을 올려놓았다.

「진정해, 모든 게 잘될 거야…… .」

「난⋯⋯. 제발 니암 씨, 자제하십시오⋯⋯. 저는 맛이 없어요. 당신을 실망시킬 겁니다. 저는 먹기에 적당치 않아요⋯⋯. 진단서를 떼어 드릴 수도 있습니다⋯⋯.」

그러자 흑인은 샤를의 양어깨를 잡더니 그를 흔들어 대기 시작했다.

「깨어나! 깨어나라고!」

공포에 질려, 샤를은 손톱 다듬는 가위를 꺼내어 한 번 그었고, 니암의 뺨에 상처가 났다. 흑인은 거친 눈빛으로 그를 바라보았다. 샤를은 창문가에 기어올라 새된 음성으로 부르짖었다.

「나는 먹을 수 없다니까요! 난 맛이 없어요! 없어요! 없어요!」

그는 흑인과 허공 사이에서 잠시 망설였다.

그리고 허공을 선택했다.

손님들이 창 쪽으로 급히 몰려들었다. 오직 발메르 부인만이 꼼짝도 하지 않았다. 그때 흑인이 말했다.

「자칼은 사냥꾼 소리가 들리면, 사람들이 저를 찾고 있다고 생각하는 법이지.」

그러더니 그는 부엌으로 돌아가, 꼬챙이에 꿰어 구우려고 준비해 둔 양(羊)을 가지고 왔다.

구조대가 재빨리 도착했다. 샤를은 장식 전구를 밝힌 플라타너스 나무 위에 떨어져 있었다. 긴장이 풀린 채 차분하고 자연스러운 그의 모습은, 아주 좋아 보였다. 죽었다는 사실만 빼고, 꽃줄 장식들 틈에 양팔을 십자 모양으로 벌린 채, 소록소록 내리는 눈을 맞고 있는 그는 크리스마스 장식처럼, 설탕으로 만든 인형처럼 보였다.

신기한 일은, 사체를 부검한 법의학자가 공식적으로 발표한 바에 따르면, 이 사람의 사망은 추락에 따른 충격 때문이 아니라 나뭇가지에 걸린 크리스마스 장식 전구와 접촉한 때문이라는 것이었다. 이 인간은 장식(裝飾)의 피해자로, 감전사한 것이었다.

동시대인의 허영을 향해 던지는 수류탄

평론가 레몽 장이 『르 몽드』에서 말한 바에 따르면 앙리프레데리크 블랑은 〈정곡을 찌르는 말들로 신랄한 타격을 가함으로써 우리 시대의 모습을 선명하게 드러내는 작가〉다. 증오가 배어 있지 않되 보기 드문 희극적 감각으로 무섭도록 효율적으로 핵심을 찌르는 보편적 비판을 그는 펼쳐 나간다. 그의 글은 동시대인의 허영을 향해 던지는 수류탄이다.

블랑의 말대로 사람은 비인간화해가는 세상을 미워하지 않고는 생을 사랑할 수 없다. 그러나 세상에 대한 그의 혐오는 어디까지나 즐거운 잔치이자 카니발 같다. 진실은 항상 〈소극(笑劇)〉에 의해 도래하는데, 이러한 소극은 블랑의 모든 작품에 다 들어 있다. 블랑의 세계가 아무리 어두워 보일지언정 넘기는 쪽마다 천국이 숨어 있는 것이다.

근 20년 전(정확히는 18년 전)에 번역한 이 소설을 세월 속에 묻어 두었다가 이번에 마치 다른 사람이 번역한 작품인 양 재미있게 읽었다. 상황 상황들이 새롭게 다가온 것도 있었고, 직장을 다니며 밤에 번역을 하던, 나름 치열했던 당시의 상황도 회상됐다. 이번에 띄어쓰기 등을 교정하고 조금 손을 보았다. 18년 세월을 격하여 재출간된다는 것이 반갑기도 하다.

한 광고업 종사자(아마도 카피라이터)인 샤를 퀴블리에가 우연히 고장 난 엘리베이터에 갇혀 집주인과 승강이를 하며 19일을 보내다가 드디어 풀려난다는 이야기 줄거리는 비교적 간단하다. 이 소설은 『잠의 제국』과 함께 그의 초기작이다. 그리고 1998년 브누아라미 감독에 의해 영화화된 작품이다.

앙리프레데리크 블랑은 1990년에 이 소설을 발표한 이후 꾸준히 집필하여 1~2년에 한 편꼴로 작품을 발표해 왔다. 최근작으로는 마르세유의 피우펠랑 출판사에서 낸 소설 『요비의 책 *Le livre de Jobi*』(2010), 『프레도 파다는 이렇게 말했다 *Ainsi parlait Frédo le Fada*』(2012), 『푸른 옷을 입은 당돌한 여자 *Cagole Blues, suivi de "L'Art d'aimer à Marseille"*』(2014), 희곡 『돼지

K들『*Les CochonKs, suivi de Les Petits Gris*』(2017)등이 있다. 지금은 이른바 〈초(超)문학*Overlittérature*〉 ─ 피우펠랑 출판사의 시리즈명이기도 한 ─ 을 천명하고 있는 소설가 블랑은 1954년 마르세유 외곽에서 태어났으며 향토적 환경에서 어린 시절을 보냈다. 애정을 듬뿍 받은 유년 시절 이후 공무원이 되기를 꿈꾸었으나 그가 소원했던 소방관도 교사도 되지 못하고 전업 작가가 되었다. 그의 자기소개 글로는, 이를 만회하고픈 마음으로 문학계에 뛰어들었다고 한다. 그는 엑스마르세유 대학교에서 문학과 철학을 전공한 박사 학위 소지자로, 극장 매표원, 서점 판매원, 관광 안내원, 야간 경비원, 화재 경비원 등 온갖 힘든 직업을 전전하면서도 글을 쓰고 15년간 출판사에서 퇴짜만 맞는 세월을 보내다 1989년 악트 쉬드에서 『잠의 제국』을 내면서 데뷔했다. 이 소설은 그에 이어 1990년에 같은 출판사에서 출간된 작품이다. 그의 눈에는 오로지 저술만이, 집에서 나가지 않고 큰 돈을 쓰지 않고도 영웅이 될 수 있는 유일한 방법이었다고 한다. 현재 그의 프로필을 보면 〈초문학의 교황〉이라는 자기 소개가 은근히 괴짜답게 눈길을 끈다. 말로 모욕을 주고, 대중을 타락시키고, 사전(辭典)을 공격하며, 슬리퍼를 냅다 내던지

는 심정으로 일부러 찾아낸 필체로 글을 쓰며 지금도 고향 마르세유에서 멀지 않은 엑상프로방스 근처에 은거하며 작품으로만 주로 말하면서 문학이 상업적으로 이용되는 것에 강력히 반대하는 작가다(더 많은 작품은 http://www.lefioupelan.com/-Henri-Frederic-Blanc을 참조할 것). 『저물녘 맹수들의 싸움』은 한국어를 포함해 9개 국어로 번역되었다.

이 소설은 이른바 승자의 초상이자 현대인이 소통이라 부르는 것에 대한 풍자이며 고립에 대한 성찰이기도 하다. 엘리베이터란 현대판 쥐덫이다. 〈이제 쥐덫에 걸린 것처럼 엘리베이터 안에서 오도가도 못하는 신세라니……〉(본문 13면). 광고의 일인자, 소통의 전문가라고 자부해 온 그가 이렇게 뜻하지 않게 감금당해 밖으로 나갈 수 있게 해줄 소통에는 성공하지 못하는 것이다. 그는 〈진부한 수준〉(41면)에서만 상대방을 휘어잡을 수 있을 뿐이다. 여기에 비해 집주인 발메르 부인은 짐짓 무심한 듯하면서 고단수다. 〈자기 집에서 한 인간이 차츰 몰락해 가는 꼴을 직접, 그것도 공짜로 구경하는 관능〉(48면)을 즐기는 여자다. 그리고 비극적 결말까지도 다 알고 암암리에 기획하고 있다. 마지막 장면에서 충격적 사건에도 전혀 충격받지 않는 그녀의 태연함에 주목하자. 샤를은 상대방의 힘을 〈과소평가했던 것이다〉(40면).

처음에 자기를 가둔 엘리베이터에 〈오리엔트 특급 열차〉(18면)라는 멋진 이름부터 붙이는 광고인의 본능, 집주인의 고양이를 포획해 자신의 구조와 흥정하려는 전략, 주인 여자에게 청혼해 자기의 구조를 도모하는 전략 모두 보기 좋게 실패하고 그는 결국 크리스마스 이브에야 구조되어 파티 참석자들에게 일종의 광고물, 전시물이 된다. 수많은 사람을 상품에 관한 감언이설로 속여 넘긴 그가 이 간단한 일에 19일간 실패하고 나중에 물건처럼 〈끌려〉서야 나오는 것이다. 여기서 의미심장한 것이 정신과 의사의 충고다. 〈충동적으로 상승하려 하지 마십시오. …… 올라갈 때는 오래 걸리지만, 도로 내려가는 거야 금방이죠〉(49면). 상승과 정지와 하강. 신분 상승이 그렇듯 이 공간적 상승도 비극적 추락으로 끝난다. 이야기의 시간적 배경은 12월 5일부터 24일 밤까지다. 5일 저녁에 엘리베이터에 갇힌 주인공은 24일 저녁에나 해방될 수 있었다.

설상가상으로 크리스마스 만찬 준비를 상의하는 주방장과 주인집 여자의 대화를 자기를 잡아먹겠다는 것으로 잘못 알아듣는 소통의 오류 ─ 과연 이것이 오류

이기만 했을까 하는 의문이 남을 만큼, 이 오류는 의미 심장하다 — 를 범한다. 그런데 이미 며칠을 엘리베이터에 갇힌 중에 그는 〈자신이 고기로 가득 찬 가방이 된 것 같은 기분〉(50면)을 느낀다. 그래서 요리사와 주인의 고기 요리 준비 대화를 자신의 몸으로 오인할 조건이 은연중 마련된다. 주인공이 잡아 먹힐 것임을 믿어 의심치 않는 파티가 벌어질 주인집 벽을 장식하는 벽화가 바로 〈저물녘 맹수들의 싸움〉이다. 〈일종의 야만적인 호화로움이 지배하는 그 방은 《퇴폐적인 카자흐》 스타일이라고나 할 분위기였다. 곰 가죽들, 페르시아 융단, 야한 색깔의 동양풍 쿠션들, 사모바르가 있었고, 베니스식 샹들리에 아래 크리스마스트리가 세워져 있었다. 커다란 그림 한 폭은 저물녘 맹수들의 싸움을 그린 것이었다〉(153면). 여주인은 처음에 표범 옷을 입고 있다. 갇힌 첫날 〈그녀는 금귀고리를 달고, 표범 모피 외투를 입고 있었다〉(9면). 그리고 샤를은 그녀를 이렇게 상상한다. 〈사랑을 할 때는 틀림없이 표범처럼 고함을 내지르며 손톱으로 파고들 거야……〉(17면). 승자 입장에 익숙한 그는 거의 언제나 그녀를 성적 대상으로, 쉽게 유혹할 수 있는 상대로 생각한다. 크리스마스 이브 날, 그녀는 〈악어가죽으로 만든 굽이 뾰족한 구두를 신고 있다〉(152면). 그런데 심상찮은 소설 제목이 시사하듯 주인공 샤를은 자기도 모르게 진행되는 〈저물녘 맹수들의 싸움〉의 희생양인 것이다. 그가 상상하는 식인종은 다른 문명권에 따로 있는 것이 아니라 바로 그의 옆사람들이다.

〈누군가가 우리에 갇혀 자기 발 아래 있게 되는 상황은 그리 자주 일어나는 일이 아니죠. 그러니 그걸 좀 이용한들 어떻겠습니까! 인간적이죠, 뭐!〉(19면)라고 샤를은 스스로 이 상황을 합리화하고 영합한다.

〈「그래요 사람은 짐승이 아니니까요.」 그녀는 자기가 걸친 모피를 꿈꾸듯 어루만지며 말했다〉(19면). 이런 대화는 언뜻 인간의 인간다움을 부각시키는 듯하나 실제로 여기서 부각되는 것은 인간의 맹수성, 야만성이다.

잘 보면 갇힌 자의 정신적 과정은 분노-현실 부정-불안 공황 상태-체념-현실 수용-상황 분석-전략 세우기, 이런 식으로 마치 불치병 환자가 겪는 듯한 과정을 그대로 밟고 있다. 끌려 나오게 될 때까지 주인공의 첫날부터 자세히 관찰해 보자. 샤를은 처음에 악몽을 꾸고 난 뒤에도 자기가 승자라고 생각하는 패턴을 여전히 포기하지 않는다. 어디까지나 갑 쪽에서 생각하는 것이다. 〈나는 배짱 있는 자요, 승자요, 뛰어난 실천가다. 난 언제나 최대한 효율적으로 나의 인생을 꾸려 왔고, 가장 결정적인 일격도 성공적으로 가해 왔다! 먹을 수 없는 송아지 창자도 2천 톤이나 유통시켰다! …… 나는 그 어떤 물건이라도 그 누구에게든 사게 만들 수 있다. 나는 광고의 일인자로, 사람들의 꿈과 욕망과 좌절을 내 손바닥 안에 갖고 논다〉(27면).

그의 평소 전략은 여성 소비자의 심리를 공략하는 것이었고 그것은 언제나 맞아 들어 갔다. 앞에서도 말했지만 그는 과부 주인 여자가 성적 결핍 때문에 자신을 욕망한다는 헛된 전제를 놓지 않는다. 그러나 결국 나가떨어지는 것은 그이다. 여기에서 실패를 맛보자 그는 살아남기 전략을 구사하지만 업계 동료들은 따뜻하고 정이 있는 인간으로 기억되는 것이 아니라, 맹수의 하나인 〈자칼〉(30면)로 비유된다. 나중에 그가 투신한 비극적 상황에서도 자칼은 흑인 요리사(콩고 출신 진짜 마술사 니암)의 입을 빌려 본인을 가리키는 말이 된다. 〈자칼은 사냥꾼 소리가 들리면 사람들이 저를 찾고 있다고 생각하는 법이지〉(173면). 여기는 사냥이 벌어지고 있는 정글이요, 그는 이 〈저물녘 맹수들의 싸움〉에서 끝내 패자가 되고 마는 것이다. 그래서 죽은 후에도 장식 인형처럼 보이는 이 인간은 소통의 오류 탓에, 끝내 전구 장식의 피해자가 되고 만 것이다.

상품의 판매고를 말 한마디로 쥐락펴락하던 그에게 이런 정글, 이런 대결은 난생처음이었다. 생사를 걸고 이 여자를 대하지만 처음으로 그는 〈그물 없이 건수를 잡으려 하고 있는〉(65면) 것이었다. 충계참에서 그녀가 항상 그를 발아래 두었듯이, 정신적으로도 이 〈싸움〉에서 그녀는 그를 발아래 두고 있다.

집주인 발메르 부인은 악마에 관한 영화를 즐기고 하필이면 유명한 무성 공포 영화의 제목이자 흡혈귀라는 뜻의 〈노스페라투〉라는 고양이를 데리고 산다. 〈가장 오싹한 건 악마가 호감 가는 존재라는 거예요〉(35면), 〈그는 겉치레의 왕자이니까요〉(36면)라는 말로 짐짓 악마와 겉치레를 논하며 문명 비평에 가까운 말도 한다. 〈그의 목적은 사람들을 고독 속에 빠뜨리는 것이죠〉(36면). 이는 고립에 대한 명언이다. 이 와중에 집주인의 입을 빌어 〈디아볼로스(악마)〉의 어원까지 등장한다. 〈사람들을 서로 떼어놓는 자라는 뜻이에요〉(37면).

발메르 부인을 과부로 만든 경주용 자동차는 그가 판촉 광고를 한 차이며, 그녀가 신고 있는 신발도 그가 대대적으로 광고한 상표다. 그녀가 외출해 보는 영화는 「루시퍼의 환상」이며, 집배원의 달력을 선택할 때 그녀는 하필 맹수 사진이 있는 달력을 고른다.

각고의 노력 끝에 연결된 전화를 받는 구조대원과 직접 마주친 집배원과 주고받는 대화 또한 한 편의 기막힌 소극 아닌가? 이는 공무원들의 극도의 보신주의를 풍자하고 있다.

이 작품은 대화로 많은 부분이 이루어져 있어 때로는 다소 희곡처럼 보이기도 한다. 기도 등의 모놀로그, 주인 여자의 설교, 신부에게 고해하는 장면, 파티장에서의 마지막 연설 등은 어찌 보면 장광설에 가깝다. 『잠의 제국』에서도 그러했듯이 블랑은 이런 연설조의 긴 독백을 즐겨 작품 속에 넣는 듯하다. 즉 주인공의 소위 〈깨달음〉을 통해 독자에게 자기의 철학을 주입하기도 하는 것이다. 〈그는 속도가 사람을 노예로 만든다는 사실을 깨[닫는]다. 삶의 모든 소중한 일들은 시간을 필요로 한다. 사랑, 우정, 숙고, 독서, 호기심, 맛있는 요리……〉(125면). 실제로 이 소설은 우테 렘퍼(여주인역)와 리샤르 보랭제(샤를 역)가 남녀 주연을 맡아 영화로 제작될 만큼 연극적인 상황을 다루었다.

절망의 끝에 그는 주민들의 〈구경거리〉가 된다. 그리고 〈겉모양새를 연출하는 일로 경력을 쌓아 온 그는 ……

이제 바로 그 겉모양새의 피해자가 되어 있다〉(111면). 전략에 이어 전략이 온다. 하지만 엘리베이터에 남은 마지막까지 그는 광고 문구를 사용한다. 〈자연스러움에 승부를 거십시오!〉(127면). 이는 그가 이미 사용했던 광고 카피다.

그럴싸하게 늘어놓은 청혼의 말 역시 장광설인데, 이는 상대로부터 괴짜 취급만 받으며 전혀 먹히지 않는다. 욕설과 악담이 이어질 뿐이다. 〈언젠가는 이 엘리베이터가 그리워질걸요. 운명이 우리에게 무얼 마련해 놓고 있는지는 아무도 모르니까요〉(136면). 이는 앞으로 일어날 일의 예언과도 같은 무서운 말로써, 이 여자가 상황을 주도하고 있음을 의미한다.

고립에 대한 그의 공포는 마침내 스톡홀름 증후군 같은 병적 사랑에까지 이른다. 〈결국은 자기와 사랑에 빠지게 되도록 저 여자가 모든 일을 꾸민 거야〉(139면)라고 생각하면서도 〈자기를 먹으려는 여자를 사랑할 수 있다니, 정말 믿을 수 없는 일이었다〉(152면).

결론은 갑으로서 〈한 점 따고 들어간다고〉 생각하며 세놓는다는 아파트에 별생각 없이 들어갔던 잘나가는 광고업자 — 수많은 소비자들을 좌지우지하여 물건을 팔아먹던, 자본주의 사회의 갑 중의 갑 — 가 졸지에 더없이 초라한 〈을〉로 추락해서 죽는다는 것이다. 주인 여자는 피해자에게 최소한의 의식(주)는 제공해 목숨은 살려 두지만, 정신적으로 갑질을 해 그를 피폐하게 하고 마침내 미묘하게 죽음까지 몰고 간다. 그러나 을의 죽음에 갑은 전혀 법적, 도덕적 책임이 없다. 비록 그 갑질이 현실이기에는 너무 소설적이긴 하지만 (예컨대 그의 직장에선 19일이나 무단결근을 하는 그의 소재를 경찰을 동원해서라도 진작에 알아보지 않았을까?) 박진감 있게 한달음에 읽히는 열정적 소설이다. (게다가 짧기도 하다!) 갑과 을 사이의 심리적 긴장에 관한 더 자세한 묘사와 상황들은 폐쇄 공간의 삶과 죽음이 매우 잘 응축된 이 소설 자체를 보면 될 것이다. 독자는 갇힌 주인공과 자신을 동일시해 때로는 숨 막혀 하고 때로는 어이없어도 하다가 말도 안 되는 결말을 보게 될 것이다.

부디 이 소설의 무대인 갇힌 엘리베이터라는 밀폐된 공간을 독자의 상상력이 나래를 한껏 펴는 공간으로 만드는 데에 이 번역이 작게라도 한몫을 했기를 바라며, 밤을 도와 번역 작업을 할 때 어린이와 청소년이었다가 이젠 다들 직업인으로 제 역할을 하고 있는 아이들에게 이 책을 바친다. 아이들이 커서 어른이 되도록

세월이 많이 흘러도 늘 바로 어제 읽은 듯 읽히는 것이
작품의 힘인가 한다.

2017년 매봉산 기슭에서

임희근

저물녘 맹수들의 싸움

옮긴이 임희근 1958년 서울에서 출생하여, 서울대 불어불문학과를 졸업하였으며, 프랑스 파리3대학에서 불문학 석사, 동 대학 박사 과정을 수료하였다. 논문으로는 「장 지오노의 작품에 나타난 소설 공간」이 있고, 번역서로는 에밀 졸라의 『살림』, 디팩초프라의 『성공을 부르는 마음의 법칙 일곱 가지』, 다니엘 톰손의 『딸의 연인』 등이 있다.

지은이 앙리프레데리크 블랑 **옮긴이** 임희근 **발행인** 홍지웅·홍예빈 **발행처** 주식회사 열린책들 **주소** 경기도 파주시 문발로 253 파주출판도시 **전화** 031-955-4000 **팩스** 031-955-4004 **홈페이지** www.openbooks.co.kr Copyright (C) 주식회사 열린책들, 1999, 2017 *Printed in Korea*. **ISBN** 978-89-329-1864-8 03860 **발행일** 1999년 1월 20일 초판 1쇄 2017년 10월 30일 블루 컬렉션 1쇄

이 도서의 국립중앙도서관 출판예정도서목록(CIP)은 서지정보유통지원시스템 홈페이지(http://seoji.nl.go.kr)와 국가자료공동목록시스템(http://www.nl.go.kr/kolisnet)에서 이용하실 수 있습니다.(CIP제어번호:CIP2017026202)